KB260855

天山刀客
천산도객

오채지 新무협 판타지 소설
FANTASTIC ORIENTAL HEROES

천산도객 7

오채지 新무협 판타지 소설

초판 1쇄 찍은 날 § 2009년 9월 25일
초판 1쇄 펴낸 날 § 2009년 10월 1일

지은이 § 오채지
펴낸이 § 서경석

편집장 § 문혜영
편집책임 § 정서진
편집 § 문정흠

펴낸곳 § 도서출판 청어람
등록번호 § 제1081-1-89호
등록일자 § 1999. 5. 31
어람번호 § 제2-1822호

주소 § 경기도 부천시 원미구 심곡2동 163-2 서경B/D 3F (우) 420-822
전화 § 032-656-4452 팩스 § 032-656-4453
http://www.chungeoram.com
E-mail § eoram99@chollian.net

ⓒ 오채지, 2009

ISBN 978-89-251-1941-0 04810
ISBN 978-89-251-1759-1 (세트)

※ 파본은 구입하신 서점에서 교환하여 드립니다.
※ 저자와 협의하여 인지를 붙이지 않습니다.
※ 이 책은 도서출판 청어람과 저작자의 계약에 의해 출판된 것이므로,
　무단 전재 및 유포·공유를 금합니다.

천산도객
7 오채지 新무협 판타지 소설
FANTASTIC ORIENTAL HEROES
천하제일문(天下第一門)
[완결]
도서출판 청람

目次

第一章
별들의 전쟁

天山刀客

북검성 이장도와 기련검 노일야의 등장은 충격적이었다.

검에 관한 한 자타가 공인하는 최강의 무인들이라는 사실 외에도 두 사람은 중원무림을 대표하는 협골들이었다.

그런 사람들이 흉신악살이 우글거리는 북망동을 찾아왔다는 것은 강호의 기사가 아닐 수 없었다.

더욱 놀라운 사실은 이들의 등장으로 흑룡부군과 궁마왕 등은 철갑기마대를 이끌고 물러났다는 점이다.

지금은 이처럼 적과 아군을 구분할 수 없는 세상이 되어버렸다.

북망동의 밤은 유난히 어두웠다.

서문홍주가 마련해 준 어느 별원.

한 무리의 사람들이 조촐한 술자리를 갖고 있었다.

놓인 탁자가 조촐해서 그렇지 모인 사람들의 면면은 결코 조촐하지 않았다.

"상황이 상황인지라 준비가 소홀함을 이해해 주서요."

장원의 주인인 서문홍주가 다소곳한 목소리로 말을 했다.

"껄껄껄, 신경 쓰지 말게. 밤늦게 찾아온 불청객을 내쫓지 않은 것만도 감사하게 생각하고 있다네."

이장도가 너털웃음을 터뜨리며 말했다.

"불청객이라뇨. 두 분 선배님 덕분에 환희방이 구사일생으로 위기를 넘길 수 있었습니다."

"그게 어찌 우리 덕분이겠는가. 자네의 뛰어난 계책이 적들의 간담을 서늘케 한 게지. 그리고 우리는 진짜 불청객이 맞다네."

"무슨… 말씀이신지요?"

"내가 북망동에 있는 한 이제 빼도 박도 못하게 생겼지 않은가. 저들은 곧 더욱 철저한 준비를 갖추고 북망동을 공격할 걸세. 그러니 불청객이 아니고 뭐겠는가. 껄껄껄."

"그것도 그렇군요. 기왕 이렇게 됐으니 오늘 밤은 술로 시름을 잊지요. 제가 한 잔 올리겠습니다."

서문홍주가 살포시 웃으면서 술병을 집어 들었다.

이장도는 술잔을 내밀면서 의아한 표정으로 물었다.

"자넨 전혀 걱정하지 않는다는 투로군."

“네, 걱정하지 않아요.”

“왜인가?”

“맹주님으로 인해 북망동이 더욱 위기에 처할 걸 알면서도 오셨을 때는 그만한 생각이 있어서가 아니겠어요?”

“하하하, 북망동에 뛰어난 재녀가 있다더니, 과연 그렇구만. 하하하.”

용악산과 야천왕은 궁금했다.

이장도는 과연 무엇 때문에 북망동으로 왔을까.

하지만 그는 술 한 병이 다 비도록 그것에 대해서는 일언반구도 하지 않았다.

용악산은 지금 이 자리가 불편하기 짝이 없었다.

이장도의 곁에 앉아 있는 백발의 노강호 때문이다.

기련검 노일야는 계속 술만 마실 뿐, 별다른 말을 하지 않았다.

가끔 용악산과 눈이 마주치기는 했지만 별다른 감정을 드러내지도 않았다.

강호의 정세에 대한 걱정과 적들의 동향에 대한 이런저런 이야기가 오간 후 이장도가 돌연 은서령에게 말했다.

“금룡문주에 대한 소식은 들었네. 훌륭한 분이라 들었거늘, 참으로 안타까운 일일세.”

“맹주님의 배려에 감사드립니다.”

은서령이 짧게, 그러나 예를 갖춰서 대답했다.

이장도는 다시 고개를 돌려 용악산을 바라보았다.

“자네 어깨가 무겁겠구먼.”

“…….”

“자네에 대한 얘기는 많이 들었지. 황하의 범선 위에서 인질들을 구출한 건 정말 대단했어. 내 계속 보고는 받고 있었지만 도움이 되어주지 못해 미안했었네.”

“개의치 마십시오.”

“그리 말해주니 고맙군. 내 술 한잔 받겠나?”

술병을 들어 내미는 이장도의 눈빛에선 별처럼 반짝이는 총기가 흘렀다.

용악산은 무림의 대선배를 대하는 태도로 예를 갖춰 잔을 들었다.

돌돌돌.

맑은 술이 잔에 고이는 동안 이장도는 용악산에게서 시선을 떼지 않았다.

마치 밝은 횃불이 동굴을 구석구석 비추듯 꿰뚫어 보는 눈빛.

맹세코 이런 눈빛은 죽은 대종사 이후로 처음이었다.

용악산이 술잔을 비우는 사이 이장도는 그제야 생각난 듯 노일야를 향해 말했다.

“참, 노 대협께서는 이 친구와 인연이 깊지요?”

용악산의 표정이 굳었다.

드디어 올 것이 왔다.

“그렇다고 할 수 있지요.”

"하하하, 이 친구의 실력이 어떠했는지 좀 들려주실 수 있겠습니까?"

노일야는 용악산과 한차례 시선을 마주친 후 눈을 지그시 감더니 회상에 잠겼다.

"범 같고 용 같았지요. 전투에선 언제나 선봉을 자처했고 적진 한가운데로 뛰어들어 칼을 휘두르면 적들이 두려움에 떨었지요."

"과연! 껄껄껄."

두 사람의 칭찬에 은서령을 비롯한 하풍달, 공춘보, 채홍만은 한껏 고무되었다.

대사형을 저토록 침이 마르도록 칭찬하니 괜스레 어깨에 힘이 들어가고 가슴이 뿌듯했다.

반면 용악산의 마음은 더욱 불편해질 뿐이었다.

노일야는 분명 자신이 진짜가 아니라는 걸 알고 있었다.

그럼에도 불구하고 저리 나오는 것은 무엇 때문인가.

용악산은 갑자기 자리를 털고 일어났다.

"실례가 안 된다면 그만 일어나겠습니다."

"술이 아직 많이 남았거늘, 좀 더 있지 그러나."

이장도가 만류했다.

그 역시 모든 걸 알고 있는 게 틀림없었다.

하지만 용악산은 매몰차게 거절했다.

"그럼."

"저도 그만 일어나야 할 것 같아요."

용악산이 포권을 하고 돌아서자 은서령까지 몸을 일으켰다.

이렇게 되니 공춘보와 하풍달, 채홍만만 남게 되었다.

하풍달이 공춘보의 옆구리를 꼬집으며 눈짓을 했다.

'우리도 그만 갑시다.'

하지만 공춘보는 애써 모른 척했다.

기라성 같은 강호의 별들과 대작을 하게 된 이 기회를 놓치고 싶지 않았다.

그가 전 무림맹주 이장도와 술을 마셨다고 하면 항주의 주우(酒友)들이 얼마나 부러워할 것인가.

하풍달은 계속해서 공춘보의 옆구리를 꼬집었다.

공춘보는 옆구리 살이 문드러지는 고통 속에서도 끝까지 시치미를 뗐다.

참다못한 하풍달이 공춘보에게 말했다.

"사형, 졸리지 않소?"

"험험, 난 아직 잠이 안 온다."

"어젯밤에도 한숨도 못 잤지 않소?"

"죽으면 실컷 잘 텐데 무슨 걱정이냐."

"죽기 전까진 좀 자둬야지."

"내일 자면 된다."

"좋은 말로 할 때 갑시다."

하풍달이 이를 악물며 작은 소리로 말했다.

하지만 공춘보는 돌연 술병을 집어 들고는 이장도를 향해 말했다.

"맹주님, 전 금룡문의 둘째 제자 공춘보라고 합니다요. 사실상 금룡문의 대소사를 관장하고 있지요. 소인이 한잔 올리겠습니다요."

"껄껄껄, 자넨 사형과 달리 넉살이 좋구먼."

"아무렴요. 제가 한 넉살 합지요."

일이 이렇게까지 되자 하풍달도 어쩔 수 없었다.

결국 공춘보만 남겨두고 하풍달은 용악산과 은서령의 뒤를 따라나갔다.

방을 나온 후 처소로 돌아가면서 용악산은 줄곧 말이 없었다.

상황이 전혀 예기치 않은 방향으로 흘러가고 있었다.

지금 이 시점에서 이장도는 왜 등장을 했는가.

기련산에 있어야 할 노일야는 또 무엇 때문에 이 먼 곳까지 오게 되었는가.

모든 것이 복잡하고 혼란스러울 뿐이었다.

용악산의 그런 심정을 눈치챘는지 하풍달과 은서령도 일절 말이 없었다.

그저 용악산의 눈치를 힐끗힐끗 볼 뿐이었다.

"자룡이는 아직 그러고 있느냐?"

용악산이 하풍달에게 물었다.

"아무래도 대사형께서 한번 가보심이……."

하풍달이 조심스럽게 말을 했지만,

“기다려라.”

“하지만……..”

“이대로 무너질 녀석이었다면 차라리 그러는 편이 나아.”

용악산의 매정한 말에 은서령과 하풍달은 착잡한 얼굴이 되었다.

＊　　＊　　＊

표자룡은 닷새 동안이나 방 안에 틀어박혀 나오질 않았다.

사부의 죽음으로 인한 슬픔과 눈을 잃은 것에 대한 상실감으로 그는 폐인이 되어가고 있었다.

사형들은 익숙해지면 괜찮을 거라고 했지만 앞으로는 검을 쥘 수 없을 것이다.

이젠 누구도 지켜줄 수 없을뿐더러 오히려 짐만 될 뿐이었다.

어쩌면 그런 건 아무것도 아닐지 모른다.

평범한 사람들에게 눈이 지닌 가치는 얼마나 될까.

몸이 천 냥이면 눈이 구백 냥이라는 말이 있다.

평범한 사람들도 그럴진대 하물며 무인에게 있어 눈이란 전부라 해도 과언이 아니었다.

표자룡은 그것을 뼈저리게 실감하고 있었다.

눈이 없으니 도무지 할 수 있는 게 없었다.

밥을 먹을 때 젓가락으로 코를 쑤시기 일쑤였다.

소변을 볼 때는 오줌이 바지에 묻었는지조차 알 수 없었다.

평소 깔끔하기 짝이 없던 표자룡에게는 견딜 수 없는 괴로움이었다.

다른 이들에게 이런 모습을 보이는 것이 죽는 것보다 싫었다.

특히 은서령에게는 더더욱.

"저예요."

바깥에서 은서령의 목소리가 들려왔다.

표자룡은 대답하지 않았다.

"저, 들어가요."

잠시 후 은서령이 방문을 열고 안으로 들어섰다.

"이런, 저녁에 끓여온 죽이 아직도 그대로 있네."

"……."

"사형 덕분에 시중드는 아이가 고생이잖아요."

표자룡에겐 이틀 전부터 시중을 드는 소동이 있었다.

앞이 보이질 않으니 어떻게 생겼는지도 알 수 없고 몇 살인지도 알 수 없었다.

다만 표자룡이 은서령의 시중받기를 거부하자 서문홍주가 붙여준 것으로 보아 사내아이라는 것만 어렴풋이 짐작할 뿐이었다.

표자룡이 식사를 제때에 하지 않으면 아이는 죽이 식지 않도록 계속해서 끓여오곤 했다.

아마 서문홍주가 그것까지도 시킨 모양이었다.

"정말 저랑 말 안 하실 거예요?"

"……."

"하여간 표 사형 고집은 알아줘야 한다니까. 그럼 이건 괜찮죠?"

그녀가 무언가를 탁자 위에 내려놓는 소리가 들렸다.

"환희방주의 말이 이제는 술 한 잔 정도는 괜찮데요."

말과 함께 그녀가 술병의 마개를 여는 소리가 들려왔다.

맑은 주향이 가득히 번졌다.

눈이 보이질 않으니 다른 감각에 의존하게 되고 그런 감각이 조금씩 예민해지는 것 같았다.

"제 술 한 잔 받으세요."

은서령이 술잔을 쥔 손을 내밀었다.

표자룡은 말없이 술잔을 받아 들었다.

"어머, 끼니는 거르시더니 술은 생각이 있으셨나 보네."

돌돌돌.

술이 술잔에 담기는 소리였다.

그런데 표자룡의 손이 흔들렸나 보다.

갑자기 술이 넘치더니 표자룡의 손등을 타고 흘렀다.

"어머, 죄송해요. 제가 그만 너무 많이 따랐나 봐요."

은서령이 깨끗한 수건으로 표자룡의 손을 닦는 등 부산을 떨었다.

표자룡은 갑자기 손에 힘을 주었다.

퍽!

눈을 잃었지만 내공은 그대로인 몸이다.

흙을 구워 만든 술잔이 표자룡의 악력을 버틸 리가 없었다.

잔의 파편이 손바닥을 파고들면서 따끔한 고통이 전해졌다.

이어 뜨뜻한 액체가 손등을 타고 흘렀다.

"표 사형!"

은서령은 무척이나 놀란 것 같았다.

한동안 아무것도 하지 않고 그대로 있더니 다시 표자룡의 손에 박힌 사금파리를 뽑고 피를 닦아주었다.

"죄송해요."

"뭐가 죄송하지?"

"제가 좀 더 주의를 했어야 하는데."

"네 탓이 아니야! 네 탓이 아니라고!"

와장창창!

표자룡이 두 손으로 탁자 위를 훑으면서 주반에 있던 호리병과 술잔이 어지럽게 나뒹굴었다.

"사, 사형?"

"네 탓이 아닌데 왜 자꾸 죄송하다고 하는 거야. 왜! 왜!"

"……!"

은서령의 놀라움은 컸다.

표자룡의 이런 모습을 단 한 번도 본 적이 없었기 때문이다.

언제나 자로 잰 듯 반듯하기만 한 그가 아니었던가.

점점 그가 망가지고 있다는 것을 은서령은 뼈저리게 느꼈다.

한동안 깊은 침묵이 흐른 후 은서령은 바닥을 훔치고 파편들을 조심스럽게 주워 담았다.

마침내 바닥을 깨끗이 청소한 후 은서령이 말했다.

"내일 다시 올게요."

"……?"

"아무리 그러서도 전 포기 안 해요. 당신은 누가 뭐래도 저의… 사형인걸요."

표자룡은 가슴이 찢어지는 것 같았다.

자신의 이런 모습을 자신보다 더 괴로워하는 은서령의 마음을 알기 때문이었다.

하지만 그런 생각과 달리 입 밖으로 나오는 말은 여전히 차디찼다.

"올 필요없어!"

은서령이 문을 열고 나갔다.

그녀가 나간 후 표자룡은또 다시 깊은 상념에 잠겼다.

'이건 살아도 사는 게 아니야.'

왜 갑자기 그런 생각이 들었을까.

문득 자신을 거두어준 사부가 원망스러웠다.

그냥 살수로서 살다가 어느 이름 모를 골목길에서 등에 칼을 맞고 죽었으면 좋았을걸.

그랬다면 이런 몰골을 은서령에게 보이는 일은 없었을걸.

그러다가 갑자기 사부가 보고 싶어졌다.

표자룡은 의자에서 몸을 일으켰다.

손을 들어 얼굴을 만져 보니 눈이 있던 자리에는 아직 붕대가 감겨져 있었다.

시중드는 소동이 오늘 아침에 들러 새로 감아준 붕대였다.

"너!"

표자룡이 누군가를 부르자 문 쪽에서 찔끔하는 기색이 느껴졌다.

열린 문틈 사이로 표자룡을 훔쳐보던 소동이었다.

"부, 부르셨어요?"

앳된 음성의 소동이 문을 열고 들어섰다.

"붕대가 짧다. 조금 더 길고 튼튼한 걸로 감아라."

"내가 보기엔 충분한데."

"……!"

"아, 알았어요."

소동은 서둘러 약함을 갖고 오더니 붕대를 풀기 시작했다.

"이 전각은 언제 지었지?"

"글쎄요. 그건 왜요?"

"그냥 좁고 답답한 것 같아서."

"여기가 얼마나 넓은데요. 답답한 건 검사님이 앞이 안 보이셔서 그렇… 흡! 죄, 죄송합니다. 그런 말은 절대 하지 말라고 했는데."

깜짝 놀랐는지 붕대를 푸는 소동의 손이 그대로 멈췄다.

아마 두 손으로 자신의 입을 틀어막은 모양이었다.

"개의치 말거라."

"그럼… 방주님께 안 이르실 건가요?"

"눈을 잃은 건 사실이잖니."

"휴우, 다행이다. 방주님께 혼나는 줄 알고 깜짝 놀랐네."

말하는 것이 영락없는 꼬마다.

"그런데 여기가 그렇게 넓어?"

"넓다마다요. 여긴 해안 지방이라 해풍이 강해 지붕을 낮게 얹는 대신 내실을 넓게 만들어요."

"천장이 낮다고?"

"네. 지금도 검사님이 훌쩍 뛰어오르면 횡주목(橫柱木)에 머리를 쿵! 찧을걸요?"

"횡주목?"

"지붕을 가로지르는 굵은 나무예요. 흔히 대들보라고도 하고 거기에 상량문(上樑文)을 적어놓기 때문에 상량목이라고도 하지요."

"상량목은 또 뭐지?"

"건물을 짓거나 고칠 때 그 내력을 적어놓는 것이죠."

"지금은 뭐라고 적혀 있지?"

"'홍무제(洪武帝) 십삼 년, 벽운걸이 죽은 아내를 그리며 그녀의 고향인 해동에서 황장목(黃腸木)을 구해와 짓다' 라고 씌어 있네요."

"황장목?"

"목질이 누런 황금색을 띠는 귀한 나무죠. 부르는 게 값일 정도로 구하기가 힘들어요."

홍무제는 주원장의 재위 연호(在位年號)다.

가난한 농부의 아들로 태어나 홍건적을 이끌고 기마 민족인 몽골에 대항하여 명나라를 건국한 황제.

그 시절에 벽운걸이라는 사내가 이 장원을 짓고 살았나 보다.

아내에 대한 그리움이 얼마나 절절했으면 멀리 해동까지 가서 그 귀하다는 황장목을 구해와 집을 지었을까.

가만 생각하니 홍무제의 시대와 지금이 비슷하다는 생각이 든다.

마도 역시 대륙의 저 북서쪽 평원에서 발호해 중원을 휩쓸고 있지 않은가.

홍무제는 어떻게 대제국을 건국한 몽골의 기마 전사들과 싸워 이겼을까.

거기까지 생각이 미친 표자룡은 문득 소동에게 호기심이 일었다.

"넌 이 전각에 대해 어떻게 그리도 잘 알지?"

"아비가 목수였거든요."

"목수?"

"항주의 으뜸가는 목수였지요, 놈의 칼에 죽기 전까진."

"……!"

무언가 안타까운 사연이 있나 보다.

표자룡은 문득 그 사연에 대해 물으려고 하다가 곧 그만두었다.

그때쯤 붕대를 감는 소동의 손길이 끝난 탓도 있지만 더 이상 쓸데없는 인연을 만들고 싶지 않아서였다.

"자, 이제 다 됐어요."

소동이 주변을 정리한 후 몸을 일으켰다.

그때 표자룡이 물었다.

"상량문이 어디에 있지?"

"저기예요."

소동이 손가락으로 어딘가를 가리키는 것 같았다.

하지만 이내 자신의 실수를 깨닫고는 다시 자세하게 설명해 주었다.

"검사님이 앉아 계신 곳에서 왼쪽으로 다섯 걸음 위에 있어요. 그런데 그건 왜 물으세요?"

"됐으니 그만 나가보거라. 저 죽은 먹을 테니 오늘은 다시 끓여올 필요없다."

"휴우, 다행이다. 오늘은 말씀도 조금 하시고……."

말을 하는 소동의 목소리에서 진심 어린 걱정이 느껴졌다.

하지만 볼일이 끝났음에도 소동은 어쩐 일인지 선뜻 나가지를 않고 머뭇거렸다.

"할 말이 남았느냐?"

"저기… 한 가지 여쭤봐도 돼요?"

"……?"

"제가 상량목에 적힌 글귀도 가르쳐 드렸잖아요. 그러니까 검사님께서도……."

“할 말이 있으면 빨리하고 나가거라.”

“그거 어떻게 하는 거예요?”

“뭘 말이지?”

“검에서 빛이 뻗어나가는 거요. 그때 이곳 장원에 무시무시한 마인들이 쳐들어왔을 때 그걸로 지옥혈마를 혼내주셨잖아요. 휴우, 그때 정말 대단했어요. 하지만 제가 본 걸 북동의 거지패들에게 얘기했더니 이 자식들이 하나도 안 믿더라고요. 분명 빛이 뻗어나간 거 맞죠? 그렇죠?”

표자룡은 그제야 한 아이의 얼굴이 어렴풋이 떠올랐다.

오래된 일도 아니었다.

불과 이십 일 전 단소운이 지옥혈마를 앞세우고 이곳 환희방의 장원을 찾아와 한바탕 싸움을 벌인 적이 있었다.

그때 표자룡은 대사형을 모시고 금룡문으로 돌아갔었는데 막 사문에 도착할 무렵 한 아이가 헐레벌떡 달려와 도움을 청했었다.

눈앞에 있는 이 소동이 그때 그 아이였나 보다.

“그거, 하는 거 어렵나요?”

“……”

표자룡은 씁쓸했다.

이제 폐인이 된 자신에게 과거의 무공을 물어보다니.

아이의 철없음을 탓하기에는 생에 대한 미련이 너무 없었다.

“그만 쉬고 싶구나.”

아이는 겸연쩍은지 뒤통수를 벅벅 긁는 소리를 내고는 사라졌다.

아이가 나가고 난 후 표자룡은 천천히 붕대를 풀기 시작했다.

얼마나 칭칭 동여맸는지 한참을 풀어도 끝이 나질 않았다.

'많이도 감아놨군.'

마침내 붕대를 모두 풀었을 때는 얼추 여섯 자 반 길이가 나왔다.

광목으로 만든 것이라 질기면서도 튼튼했다.

'왼쪽으로 다섯 걸음이라고 했지.'

표자룡은 방금까지 자신이 앉아 있던 의자를 들고 왼쪽으로 다섯 걸음을 옮겼다.

그리고 의자를 딛고 올라선 다음 위를 향해 두 손을 쭉 뻗었다.

아무것도 만져지지 않았다.

붕대의 한쪽 끝을 잡고 내력을 주입한 후 위로 던지자 무언가 닿는 느낌이 전해졌다.

정확한 위치를 포착한 표자룡은 몇 번의 시행착오를 거친 끝에 마침내 붕대를 상량문에 거는 데 성공했다.

평소 같으면 한 번에 할 수 있는 일.

눈이 없다는 것은 이처럼 삶 곳곳에서 피부로 느껴지는 비참함이다.

　　　　　*　　　　　*　　　　　*

　어둠이 가시지 않은 이른 새벽, 용악산의 발걸음이 빨라졌다.

　기침을 하기도 전에 서문홍주가 믿지 못할 소식을 전해왔기 때문이다.

　마침내 표자룡이 기거하는 별원의 어느 전각 앞에 이르자 횃불 아래 사제들이 모여 있는 것이 보였다.

　모두 놀란 걸음에 달려왔는지 머리며 옷가지가 말이 아니었다.

　"어떻게 된 일이냐!"

　"대사형, 잠시 흥분을 가라앉히시고……."

　용악산의 목소리에서 분노를 읽었는지 하풍달이 조심스럽게 말했다.

　하지만 다시 이어지는 용악산의 호통.

　"무슨 일이냐고 물었다!"

　"간밤에 자룡이가 대들보에 목을 매었습니다."

　"멍청한 녀석!"

　"다행히 시중드는 아이가 빨리 발견해서 목숨은 건졌습니다."

　"한데 무엇으로 목을 맸더란 말이냐. 방 안에는 그럴 만한 것이 없었을 텐데?"

　"사매가 다녀간 후 시중드는 아이를 불러다가 붕대를 새로 감아달라고 한 모양입니다. 아이가 자리께 가져다 놓기 위해 들어갔다가 발견했습니다.”

하풍달이 뒤를 돌아보며 손짓을 했다.

그러자 저만치 구석에 있던 아이 하나가 바들바들 몸을 떨면서 나타났다.

“간밤에 무슨 대화를 나누었는지 소상히 말씀드려라.”

하풍달이 무서운 얼굴로 아이에게 말했다.

“저, 저는 그냥… 그, 그냥…….”

“됐다. 내가 직접 들어가 보마.”

第二章
사형과 사제

天山刀客

　방 안으로 들어서자 은서령이 표자룡의 곁을 지키고 있었다.

　그녀 역시 미처 옷을 갖춰 입을 사이도 없었나 보다.

　얇은 백삼이 땀으로 흠뻑 젖어 있는 걸 보니 저승길로 가던 표자룡을 다시 데려오느라 무던히도 애를 쓴 모양이었다.

　용악산을 발견한 은서령이 간절한 표정으로 고개를 가로저었다.

　나무라지 말라는 소리다.

"잠깐 나가 있어라."

"대사형……."

"어서."

은서령은 잔뜩 걱정스런 얼굴을 하고는 누워 있는 표자룡과 용악산을 번갈아 바라보았다.

용악산이 굳은 표정을 거두지 않자 어쩔 수 없다는 듯이 조용히 걸어나갔다.

용악산은 바깥을 향해 말했다.

"홍만!"

"예, 대사형."

"대초자곤을 들고 있느냐?"

"예, 대사형."

"방문을 지켜라."

"예?"

"누구든 내 허락없이 들어오는 자는 대초자곤으로 다리를 부러뜨려 놓아라."

"……!"

놀랐는지 채홍만에게서는 대답이 들려오지 않았다.

"홍만!"

"아, 알겠습니다."

용악산이 호통을 쳐서야 뒤늦은 대답이 들려왔다.

바깥의 어른거리는 횃불 사이로 채홍만의 커다란 그림자가 비쳤다.

방문 앞에 대초자곤을 들고 선 것이다.

사람들 사이에선 웅성거리는 소리가 들려왔다.

용악산은 주위를 둘러보았다.

저만치 표자룡이 목을 맬 때 쓴 것으로 보이는 붕대가 놓여 있었다.

붕대라기보다는 기다란 광목천이었다.

용악산은 그걸 머리 위 대들보에 걸고는 고리를 만들었다.

그런 다음 누워 있는 표자룡을 향해 무서운 목소리로 말했다.

"일어나라."

"……!"

"내가 일으켜 주랴?"

용악산은 표자룡의 대답도 듣지 않고 한 손으로 그를 곧장 일으켜 세웠다.

표자룡은 물에 담가놓은 빨래처럼 축 늘어진 채 용악산의 한 손에 대롱대롱 매달렸다.

일체의 저항조차 없었다.

용악산은 다시 표자룡을 의자 위에 세우고 대들보에 매어둔 고리에 표자룡의 목을 걸었다.

그제야 표자룡의 손끝이 파르르 떨리며 무언가 말을 하려고 했다.

하지만 용악산은 표자룡이 말을 할 때까지 기다려 주지 않았다.

텅!

용악산이 발로 의자를 걷어차자 표자룡은 순식간에 목이 묶인 채로 버둥거렸다.

"허억, 대, 대사형!"

"진정하세요, 대사형!"

바깥에서 공춘보와 하풍달이 놀라 뛰어들어 왔다.

채홍만은 대초자곤을 들고 있었지만 어찌 사형제들을 향해 휘두르겠는가.

곤란하다는 얼굴로 사람들을 막는 시늉만 할 뿐, 사실상 들여보내 주고 있었다.

그 역시 사형들이 들이닥쳐 용악산을 말려주기를 내심 바랐던 것이다.

"모두 물러나라!"

용악산이 엄하게 호통을 쳤다.

그사이에도 표자룡은 목을 감은 붕대를 두 손으로 붙잡고 벗어나려 안간힘을 썼다.

하지만 쉽지 않았다.

용악산이 한 손으로 표자룡의 뒷덜미를 움켜쥐고 있었기 때문이다.

"제발 그만하세요!"

은서령이 빽! 소리를 질렀다.

하나 용악산은 들은 척도 하지 않고 표자룡에게 물었다.

"어차피 죽으려고 하지 않았더냐! 소원대로 내가 죽여주겠다는데 왜 저항을 하는 거지?"

스스로 목숨을 끊는 것은 용기 이상의 절망감이 필요하다.

몇 번의 결심을 하고 그보다 훨씬 많은 시간의 각오가 필요하다.

　하지만 타인에 의해 살해를 당하는 것은 다르다.

　누구든 본능적으로 저항을 하기 마련이었다.

　"커억, 사… 살……."

　표자룡은 넘어가는 숨을 간신히 내뱉으며 목소리를 쥐어짰다.

　"설마, 살려 달라는 말은 아니겠지?"

　"커억, 사… 살……."

　"잘 들리지 않는다. 큰 소리로 다시 말해봐!"

　"살… 고… 싶습니다."

　텅!

　표자룡의 말이 끝나는 순간 용악산은 내력을 주입해 붕대를 끊었다.

　표자룡의 신형이 바닥으로 떨어지면서 내동댕이쳐졌다.

　은서령이 황급히 쓰러진 표자룡에게 달려가려는 순간 용악산이 그녀를 막아섰다.

　그리고 한 손을 은서령에게 내밀었다.

　"품속에 있는 걸 내게 다오."

　"대사형……?"

　"어서!"

　은서령은 잔뜩 긴장한 얼굴로 품속에서 작은 보자기 하나를 꺼냈다.

　그걸 한 손에 올려놓고 보자기를 풀자 한 뼘 길이의 부러진 화살 하나가 나왔다.

용악산은 화살을 손에 쥐더니 엎드려 있는 표자룡의 등을 향해 사정없이 쑤셔 박았다.

"흡!"

단말마와 함께 표자룡의 상체가 움찔했다.

화살촉이 생살을 뚫으면서 일으킨 본능적인 반응.

"아악!"

놀란 은서령이 비명과 함께 두 눈을 질끈 감았다.

공춘보와 하풍달의 눈이 말할 수 없이 부릅떠졌다.

"허걱!"

"대, 대사형!"

순식간의 일이었다.

너무나 순식간에 일어난 일이어서 모두들 황당한 얼굴로 용악산과 표자룡을 번갈아 바라보았다.

"이게 대체 무슨 짓이에요!"

마침내 은서령이 폭발하고 말았다.

하지만 용악산은 은서령의 말에는 대꾸도 않고 더욱 무서운 표정으로 표자룡에게 물었다.

"네 등을 찌른 것이 무엇인지 아느냐?"

"……!"

"이름은 월아전. 사부님의 등에서 뽑은 화살이다. 세상에 월아전을 쓰는 궁사는 한 명밖에 없다. 궁마왕!"

"……!"

표자룡의 혈색이 파랗게 질렸다.

용악산의 말이 계속되었다.

"눈을 잃은 슬픔이 아비를 잃은 슬픔보다 크느냐? 생살을 도려낸 고통이 살아 있는 동안 아비를 볼 수 없는 고통보다 크느냐?"

"……!"

"……!"

공춘보와 하풍달이 동시에 놀란 눈을 하고서 용악산을 보았다.

용악산의 호통이 계속 이어졌다.

"너의 사매는 한낱 여인의 몸으로도 제자들이 볼까 봐 화살의 가슴에 품은 채 슬픔을 속으로만 삭이고 있거늘, 너는 어찌하여 이리도 못나게 구는 것이냐. 진정 네 녀석이 내가 알던 그 표자룡이더냐!"

"그만!"

은서령이 용악산을 향해 외쳤다.

"……?"

"이제 그만하세요. 제발……."

말을 하는 그녀의 목소리는 금방이라도 울음이 터질 것 같았다.

서리라도 내린 듯 차가워진 분위기 속에서 은서령은 표자룡을 일으켜 상처를 살폈다.

용악산은 한차례 은서령과 표자룡을 무섭게 노려본 후 홀연히 방을 나갔다.

용악산이 저만치 사라지기를 기다렸다가 공춘보가 역정을
냈다.

"쯧쯧쯧, 저놈의 성질머리하고는. 하여간에 대사형은 중간
이 없다니까, 중간이."

하지만 하풍달은 좀 달랐다.

그는 은서령의 치료를 받고 있는 표자룡을 향해 낮은 음성
으로 말했다.

"금룡문에 들어온 후 한 번도 네게 싫은 소리를 한 적 없지
만 오늘은 사형 노릇을 좀 해야겠다."

"어랍쇼? 넌 또 왜 그래?"

공춘보가 곁에서 하풍달을 올려다보았다.

"사형은 가만히 계시오!"

전에 없던 하풍달의 진지한 표정에 놀라 공춘보는 조용히
입을 다물었다.

하풍달이 다시 고개를 돌려 표자룡에게 말했다.

"대사형 말씀 하나도 틀린 것 없다. 대사형께서 입문을 하기
전 사부님께서는 우리들 중 너를 가장 신임하셨다. 한 번도 입
밖으로 언급하신 적은 없었지만, 나도 알고 공 사형도 알고 사
매도 안다. 너만이 사부님의 꿈을 이뤄줄 수 있다는 걸. 그런
데 네가 이렇게 무너질 줄은 몰랐다. 정말… 실망이다."

그 말을 끝으로 하풍달도 방을 나갔다.

채홍만은 이쪽저쪽의 눈치를 살피더니 슬그머니 하풍달의

뒤를 따라갔다.

은서령과 함께 덩그러니 남은 공춘보는 눈알을 뒤룩뒤룩 굴렸다.

"험험, 뭐, 사부님이 너를 특히 신임하긴 하셨지. 언젠가 내게도 말씀하셨어. 자룡인 천하를 오시할 무재를 타고 났지만 사문의 무공이 비천하여 빛을 보지 못하는 것이 안타깝다고. 그러다 대사형이 오셨고 너에게 검공을 지도해 주자 정말 좋아하셨지. 아직도 생각난다, 사부님께서 밤마다 내게 찾아와 너의 검공이 어느 정도 진척이 있냐고 물으시던 게. 그때마다 내가 대사형에게 직접 여쭤보라고 했더니 쑥스러운 듯 헛기침을 하고 돌아가시더라고. 그러니까 내가 왜 이런 얘기를 하느냐면… 험험, 네가 이러면 지하에 계신 사부님께서 정말 실망하실 거야. 그럼 몸조리 잘해라. 난 그만 가볼게."

모두가 사라지고 난 후 방 안엔 은서령과 표자룡만 남게 되었다.

그사이 은서령은 용악산이 박아놓은 화살을 뽑고 표자룡의 상처에 금창약을 발라주고 있었다.

"혼자 있고 싶다."

상처를 치료하던 은서령의 손길이 멈췄다.

그녀는 조용히 몸을 일으켜 밖으로 나가려다 말했다.

"다른 사람들은 몰라도 전 표 사형이 왜 이러는지 알아요."

"……?"

"강한 사람이기 때문이죠. 너무 강해서… 자신을 용서할 수가 없는 거죠."

"그만!"

"……."

"나가라."

방문을 열고 나가던 은서령은 마지막으로 표자룡을 돌아보았다.

눈동자가 없어도 눈물이 날까?

눈을 가린 표자룡의 붕대가 축촉하게 젖어들고 있었다.

*　　*　　*

북망동에 또 한 무리의 손님이 찾아왔다.

그중 하나는 용악산도 잘 아는 사람이었다.

독행천괴.

지금 이 상황에서 난데없이 그가 왜 북망동을 찾아왔는지는 알 수 없었다.

하지만 누구를 만나러 왔는지는 알 수 있었다.

그가 무림맹주 이장도를 보는 순간 저승사자라도 만난 듯 놀란 얼굴을 하고서는 땅바닥에 털썩 주저앉아 버렸기 때문이다.

"껄껄껄, 조금 늦으신 것 같습니다."

이장도가 뒷짐을 지고 능청스럽게 물었다.

"젠장, 이놈의 영감탱이가 억지만 부리지 않았어도 이번 내기는 내가 이겼을 거요!"

독행천괴가 곁에 선 노인을 보며 인상을 구겼다.

"이런 황당한 인사를 봤나? 적반하장도 유분수지, 그게 어찌하여 내 탓이오!"

노인이 버럭 소리를 질렀다.

"당신이 고집을 부려서 이렇게 된 거 아니오!"

"흥, 처음부터 사기를 친 게 누군데."

"그게 왜 사기야? 미처 예측하지 못한 돌발 상황이지."

"그런 게 바로 사기요, 이 양반아."

"아이구, 답답해. 아이구, 답답해."

독행천괴가 자신의 가슴을 탕탕! 치며 괴로워했다.

영문을 모르는 사람들은 그저 어리둥절했다.

이장도가 차분한 음성으로 독행천괴에게 물었다.

"이분은 뉘신지……."

"흥, 직접 물어보시구려."

독행천괴의 말이 끝나기가 무섭게 노인이 자신을 소개했다.

"벽탁이라는 이름이 있소."

"오, 이제 보니 강하방의 노수룡 대협이셨군요. 반갑습니다. 전……."

"알고 있소이다. 무림맹주 북검성 이장도 대협이 아니시오?"

"하하하, 이젠 무림맹주가 아니랍니다."

이장도가 기련검과 야천왕을 노수룡에게 소개했다.

독행천괴는 기련검과 야천왕을 처음 보는지라 그들 사이에
도 수인사가 오고 갔다.

노강호들의 인사가 끝나자 다음은 후기지수라고 할 수 있는
젊은 무인들의 차례가 왔다.

이번엔 야천왕이 주장이 되어 소개를 했다.

용악산과 서문홍주가 각각 금룡문과 환희방을 대표해 인사
를 했다.

노수룡은 자신의 제자 곡삼랑을 소개했다.

소개를 받은 곡삼랑은 용악산을 향해 공손히 포권을 했다.

"다시 뵙는군요."

"어서 오십시오."

간단한 수인사가 끝난 후 이장도가 노수룡을 곁눈질하며 독
행천괴에게 물었다.

"한데 이게 어떻게 된 일입니까?"

"휴우, 말도 마시오. 내가 이 양반 덕분에 개고생을 한 걸 생
각하면……."

"그게 왜 나 때문이라는 거요!"

"당신이 고집을 피워서 그런 거 아니오!"

"정말 말귀를 못 알아듣는군. 처음부터 나와 내 제자에게 사
기를……."

"아아, 알았소. 알았으니까 그만하시오. 귓구녕에 딱지 않
겠소."

"흥, 누가 할 소릴."

독행천괴는 뇌신통과 함께 강호사괴 중 하나로 꼽히는 사람이다.

그런 그가 노수룡에게 꼼짝 못하는 꼴을 보자니 사람들은 기가 막혔다.

애초 독행천괴는 강하방주 노수룡의 도움을 받아 천마군림도를 건지는 데 성공했다.

그걸 가지고 곧장 북망동으로 직행하려는데 문제가 생겼다.

노수룡이 약속대로 자신의 제자를 조성(釣聖) 신기찬에게 데려가 공하증을 고칠 수 있도록 해달라는 것이다.

독행천괴는 서찰을 써주겠다고 했지만 노수룡은 그 고집불통 늙은이가 어떻게 나올지 모른다며 한사코 동행을 요구했다.

생각 같아선 노수룡을 황하에 처넣고 줄행랑을 치고 싶었지만 그에겐 분란을 일으키지 않겠다는 이장도와의 약속이 있었다.

결국 노수룡과 그의 제자를 데리고 나는 새도 쉬어 넘는다는 사천의 그 유명한 촉도까지 데리고 가야 했다.

한데 거기서 또 문제가 있었다.

이번엔 공하증을 치료할 수 있다는 조성 신기찬이 보이질 않는 것이다.

근동을 샅샅이 수소문했더니 알음알음 찾아오는 사람들이 귀찮아 초옥을 불질러 버리고 어디론가 잠적했다고 한다.

조성 신기찬은 측량할 수 없는 무공의 소유자.

그런 사람이 작심하고 은거를 했다면 독행천괴가 제아무리 찾아다녀도 헛일이었다.

노수룡이 노발대발하는 건 당연했다.

결국 독행천괴는 함께 방법을 찾아보자며 겨우겨우 그를 달래 이곳 북망동까지 오게 된 것이다.

"하면 제가 부탁드린 건 어떻게 됐습니까?"

이장도가 물었다.

천마군림도를 가져왔냐고 물은 것이었다.

독행천괴는 노수룡의 제자를 힐끗 가리키며 말했다.

"보시다시피."

이장도가 고개를 돌려보니 노수룡의 제자가 등에 무언가를 짊어지고 있었다.

하얀 광목에 돌돌 만 것이었는데, 길이가 어지간한 사람 키에 육박했다.

일의 전말을 알 길이 없는 사람들은 어리둥절했다.

곡삼랑이 가져온 물건이 무엇인지도 알 수가 없었다.

분위기를 보아하니 이장도가 독행천괴에게 부탁을 했고, 독행천괴가 다시 노수룡에게 온갖 멸시와 핍박을 받아가며 가져온 물건이 틀림없었다.

그렇다면 매우 중요한 물건인 것은 분명한데…….

이장도가 독행천괴를 향해 다시 한 번 확인했다.

"틀림없겠지요?"

"허허, 맹주. 나 독행천괴요."

이장도는 고개를 끄덕이더니 이번엔 노수룡에게 물었다.

"방주께선 그 물건을 제게 양보할 생각이 없으신지요?"

"불가하오."

"전 반드시 그 물건이 필요합니다만."

"이걸 가지려면 약조를 지키시오."

"약조라 하시면?"

"저 노인네 말이 이곳에 오면 내 제자의 문제를 해결해 줄 수 있는 사람이 있을 거라 했소만……."

"제자의 문제가 무엇인지요?"

이장도가 넌지시 묻자 노수룡은 당혹한 표정을 지었다.

강하방의 후계자가 지닌 병치고는 참으로 부끄러운 것이기 때문이었다.

덩달아 노수룡의 뒤편에 서 있던 곡삼랑의 표정도 한없이 어두워졌다.

두 사람이 선뜻 말을 못하자 독행천괴가 모두가 들으라는 듯이 큰 소리로 외쳤다.

"공하증라오, 공하증!"

"공하증… 이 뭡니까?"

이장도가 물었다.

"물을 무서워하는 일종의 공포증이오. 허허, 황하에서 오천 척의 나룻배를 부린다는 강하방주의 적전제자가 공하증이라니. 쯧쯧쯧."

독행천괴는 뒷짐을 지고 먼 곳을 바라보며 소리를 질렀다.

마치 자신의 일처럼 걱정하는 듯했지만 사실은 사람들 앞에서 노수룡과 그의 제자에게 면박을 주고 있었다.

지금까지 당한 것에 대한 복수라 할 수 있었다.

그러자 노수룡의 얼굴이 이루 말할 수 없이 일그러졌다.

이장도와 기련검, 야천왕 등은 황당한 얼굴이 되었다.

세상에 물을 두려워하는 병이 있다는 것도 처음 알았거니와, 하필이면 강하방주의 제자가 그런 병에 걸렸다니.

벌써부터 여기저기에선 킥킥거리는 소리가 들려왔다.

환희방의 방도와 금룡문의 제자들이 수군거리는 소리였다.

특히 공춘보의 웃음소리가 가장 크게 들렸다.

"킥킥킥, 강하방의 제자가 물을 무서워하면 어쩌자는 거야."

"가만 좀 계시오."

"킥킥킥, 그렇잖아. 이건 기녀가 금(琴)을 뜯지 못하는 것과 뭐가 달라."

"비유를 해도 꼭……."

"이 얘기를 누구한테 해줘야 하나. 아이고, 배야. 킥킥킥."

아무리 목소리를 낮췄다고 하나 여기 모인 사람들 중에 공춘보의 말을 듣지 못할 사람은 단 한 명도 없었다.

민망함에 좌중이 찬물을 끼얹은 듯 싸늘하게 얼어붙었다.

한동안 어색한 침묵이 이어진 후 이장도가 어렵게 입을 열었다.

"그것참, 난감하군요."

"기왕 이렇게 된 거, 속 시원히 말하겠소이다. 내 제자의 병을 고쳐 주는 사람이 있다면 누구든 그에게 이 물건을 줄 것이오. 만약 여기 있는 사람들이 고치지 못한다면 다른 사람들을 찾아볼 것이외다."

"그 말씀은 제가 해결해 드리지 못하면 혹 마도를 찾아갈 수도 있다는 말씀인지요?"

이장도가 돌연 표정을 싸늘하게 굳히며 물었다.

노수룡은 입을 굳게 다물더니 단호한 표정으로 말했다.

"제자의 병을 고칠 수만 있다면 얼마든지!"

"허허, 이것참, 난감하군요. 정도무인을 자처하는 마당에 힘으로 해결할 수도 없고……."

이장도가 말끝을 흐리며 노수룡을 힐끗 바라보았다.

노수룡이 아무리 강하다 한들 이장도에게는 십초지적밖에 되지 않는다.

여차하면 힘으로도 빼앗겠다는 말을 넌지시 전한 것인데, 노수룡은 즉각 알아들었다.

"쉽지는 않을 거외다!"

묘한 신경전이 두 사람 사이에 오갔다.

한 사람은 반드시 빼앗아야 하고, 한 사람은 기왕 망신을 당했으니 어떻게든 지켜야 했다.

그때 서문홍주가 조심스럽게 말했다.

"어쩌면 제게 방도가 있을지도 모르겠어요."

사람들의 시선이 모두 그녀를 향했다.

이장도가 다급하게 물었다.

"자네가 어찌 해결할 수 있다는 건가?"

"제가 아는 분이 공하증을 고친 적이 있다는 얘길 들었어요."

"그가 도대체 누구이기에?"

"물에 관한 한 천하의 누구보다도 많은 것을 알고 있는 사람이죠."

서문홍주의 말에 노수룡의 표정이 딱딱하게 굳었다.

강하방주인 자신 앞에서 물을 운운하니 한편으로 언짢기도 하고, 한편으로 수치스럽기도 했던 것이다.

노수룡의 내심을 알아차린 서문홍주가 부드럽게 말했다.

"오해하지 마셔요. 담수에 관한 것이라면 당연히 방주님을 따를 자가 없지요. 제가 말한 물은 바다랍니다."

"그가 누군지는 모르나 무슨 수로 공하증을 고친단 말인가?"

"일전에 지나가는 얘기로 얼핏 하신 적이 있습니다. 수하들 중 몇 명이 공하증을 앓았는데 하룻밤 만에 고쳤다고요."

"그, 그게 정말인가?"

그러자 곁에 있던 야천왕이 나섰다.

"방주가 말한 그분이 아마 저도 아는 사람 같군요. 확실히 그런 말을 한 적이 있었지요."

야천왕까지 나서서 보증을 해준다면 더 말할 것도 없었다.

"이보게 환희방주, 그를 좀 소개시켜 주게. 부탁일세."

"물론이지요. 제게 하루만 시간을 주시겠어요?"

"주고 말고. 내 제자의 병을 확실히 고칠 수 있다면 십 년이라도 기다릴 수 있네."

그런 노수룡의 모습을 지켜보던 금룡문의 사형제들은 왠지 모르게 가슴이 먹먹해져 왔다.

제자를 위해 어떤 것이라도 해줄 것 같은 사부. 그를 믿고 수모를 감내하며 묵묵히 따르는 제자.

사제지간이란 자고로 저래야 하는 것이다.

문득 돌아가신 사부 은도천이 그리워졌다.

"한잔하겠소?"

하풍달이 슬그머니 공춘보의 옆구리를 찔렀다.

"쩝, 그럴까?"

기다리는 시간은 하루까지 걸리지도 않았다.

그날 밤, 서문홍주는 노수룡과 곡삼랑을 데리고 북망동의 바깥으로 야행을 나갔다.

곳곳에 마인들이 활보하고 있었지만 세 사람의 무공은 이미 그들의 눈을 충분히 속일 수 있었다.

세 사람이 돌아온 것은 삼경이 지나서였다.

한데 하나같이 맥이 쫙 풀린 표정들이었다.

무언가 불길한 예감이 감도는 가운데 독행천괴가 물었다.

"역시 고칠 수 없답디까?"

"그게……."

"아이고, 답답해. 어서 속 시원히 말 좀 해보시오. 고칠 수 있답디까, 없답디까?"

"고칠 수 있답디다."

"엉? 아니, 그런데 얼굴이 왜 그렇게 사흘 내리 설사만 한 사람처럼 맥이 탁 풀린 게요?"

"하도 황당해서 그렇소."

"황당하다니? 뭐가 어떻게 된 건지 제발 좀 속 시원하게 말해보시오."

"방술을 쓰라고 합디다."

"방술이라면?"

"부적을 하나 줍디다."

"뭐요! 이런 돌팔이를 봤나. 공하증이 무슨 물귀신이 썬 병이란 말이오, 부적 하나로 고치게? 내 이놈의 돌팔이를 그냥. 이보게, 환희방주. 앞장서게. 그 인사가 누군지 모르나 다시는 사기를 치지 못하도록 내 주둥이를 쫙 찢어놓을 터인즉."

독행천괴가 전에 없이 길길이 날뛰었다.

사실 독행천괴도 노수룡과 그의 제자에게 조금 미안한 감정이 있었다.

싫다는 사람 억지로 끌어다가 고생이란 고생은 죄다 시켰는데 소득이 없으니 어찌 미안하지 않겠는가.

그런 차에 기연을 만나 이제는 고치겠거니 했는데 고작 부적이라니.

한데 곡삼랑의 얼굴은 아까부터 계속 화색이 돌고 있었다.

무언가 이상한 낌새를 알아차린 독행천괴가 노수룡을 보니 그의 얼굴 역시 맥이 탁 풀린 이면에 잔잔한 화색이 돌고 있었다.

"서, 설마?"

"맞소이다. 그게 효과가 있었소. 아니, 거짓말처럼 나았소."

"그, 그럴 리가."

"틀림없소. 오는 길에 바닷가에 들러서 뛰어들어 봤는데… 휴우, 냅다 물질을 하지 않겠소."

"허억!"

독행천괴의 입에서 단말마가 터져 나왔다.

내실에 모인 사람들 모두가 놀란 얼굴을 감추지 못했다.

"허허, 누구인지 모르나 대단한 사람이로군요. 그나저나 이제 제자의 문제도 해결하고 했으니……."

이장도가 말을 길게 늘이자 노수룡은 즉각 알아들었다.

"이 일을 해결해 준 사람은 환희방주이오만, 환희방주가 맹주에게 일임하겠다고 했으니 약속대로 주겠소."

그는 곡삼랑으로 하여금 물건을 가져오게 하더니 탁자의 한가운데 놓고 광목천을 천천히 풀기 시작했다.

지금 이 자리에 모인 사람은 이장도를 비롯해 기련검, 야천왕, 독행천괴, 노수룡, 다섯 사람이었다.

모두 노강호들만 모인 상황.

사람들의 시선이 노수룡의 손길을 향했다.

그리고 잠시 후 거대한 칼이 모습을 드러냈다.

도두(刀頭)에서부터 새겨진 용 두 마리가 도신을 타고 오르며 힘차게 비상하고 있었다.

수천 년 동안 핏물에 담가놓은 것처럼 시뻘건 도신으로 인해 그 모습이 꼭 적룡 두 마리가 승천하는 것 같았다.

지이이이잉―!

이장도가 손을 뻗어 칼을 잡는 순간 섬뜩한 도명이 울렸다.

그 소리가 흡사 수천, 수백의 지옥귀들이 아우성을 치는 것처럼 섬뜩했다.

"천마군림도(天魔君臨刀)!"

야천왕의 입에서 나직한 신음이 흘러나왔다.

숱한 피의 역사와 무성한 소문을 품고 있는 마도 대종사 천제강의 보도.

"살아서 이 칼을 다시 보게 될 줄이야!"

기련검의 입에서도 신음이 흘러나왔다.

第三章
한밤의 담소

天山刀客

늦은 밤, 용악산은 이장도의 방을 찾았다.

이장도의 처소엔 기련검이 함께 있었다.

이미 예상했던 일이었다.

사실 두 사람이 함께 술을 마시고 있다는 걸 알고 용악산이 일부러 찾아온 것이었다.

"한잔할 텐가?"

이장도가 물었고 용악산이 술잔을 내밀었다.

돌돌돌.

술을 따르는 동안 이장도가 말했다.

"뜻밖이군. 자네가 먼저 찾아올 줄은 몰랐는데."

"부르지 않으시니 제가 올 밖에요."

"허허, 내가 자네를 찾을 줄을 알고 있었단 말인가?"

"피차 맘에 없는 말은 하지 않기로 하지요."

"껄껄껄, 난 표리부동한 사람은 아니라고 자부하네만, 자네
는 어떤가?"

용악산이 가짜 삶을 살고 있음을 추궁하는 말이었다.

이장도는 정도무림을 이끌던 사람이다.

용악산은 몇 마디 교묘한 언변으로 그의 통찰력을 속일 수
없다는 걸 잘 알고 있었다.

"피차 궁금한 것이 있겠지요?"

"그렇겠지."

"누가 먼저 묻는 것이 좋겠습니까?"

"내가 먼저 묻지."

"그러시지요."

"자네는 누구인가?"

"이미 알고 계실 텐데요."

"마도백가의 마지막 무맥이자 백발마존 천제강의 유일한
전인, 맞는가?"

"그렇습니다."

곁에서 술잔을 기울이던 기련검의 손이 그대로 멈추었다.

분위기는 순식간에 시위를 당긴 듯 팽팽해졌다.

이장도의 질문이 계속됐다.

"금룡문에 몸을 의탁한 이유가 무엇인가?"

"설명하기 어렵습니다."

"굳이 설명을 하자면?"

"운명. 그렇게밖에는 설명드릴 수 없군요."

"운명이라… 하긴 삶의 행보에서 만나는 모든 것이 운명일지도 모르지. 자네와 내가 이렇게 마주 앉아 있는 것조차 말일세."

이장도는 직접 자신의 잔에 술을 따라 한 모금을 마신 후 다시 말을 이었다.

"자네는 마인인가?"

"어떤 것 같습니까?"

"마인이라고 생각하네."

"맹주께서 그리 생각하신다면 마인이 맞을 겁니다."

"마인이면서 왜 저들과 맞서는 것인가? 한 걸음만 옮기면 부와 권세를 쥘 수 있을 텐데."

대종사의 가르침을 따라 낮은 곳으로 향했고, 거기서 다시 은도천을 만나 큰 가르침을 얻은 것을 어떻게 설명할 수 있을까.

오로지 흑백논리로만 적아를 구분하던 자신이 이렇게 변한 것을 어떻게 설명할 수 있을까.

설명할 수도 없고, 설명할 필요성도 못 느꼈다.

용악산은 이장도가 자신을 시험하고 있다는 걸 알고 있었다.

"세상에서 가장 먼 거리가 무엇인지 아십니까?"

"궁금하군."

“가슴에서 가슴까지의 거리입니다. 한 걸음이 제겐 대양만큼이나 넓군요.”

이장도는 한참이나 바라보더니 용악산의 잔에 술을 따라 주며 말했다.

“이제 자네가 물을 차례일세.”

용악산은 술잔을 단숨에 비운 후 천천히 입을 열었다.

“이곳에 온 이유가 무엇입니까?”

“한 사람과의 약속 때문일세.”

“그 약속이 무엇입니까?”

“설산논검(雪山論劍)에 대해 아는가?”

“……!”

용악산의 눈이 부릅떠졌다.

지금 이 순간 설산논검이 왜 튀어나오는가.

이장도가 자신의 앞에 놓인 술잔을 비운 후 다시 말했다.

“십 년 전 빙곡에서 정마가 명운을 건 대치 상태에 있을 때 자네의 사부가 내게 사람을 보냈지. 그날 밤 난 설산 꼭대기에서 자네의 사부이신 백발마존 천제강과 한나절 동안 독대를 했네. 이를 두고 시중에는 무수한 말들이 나돌았지. 자네의 사부와 내가 논검을 했다고도 하고 밀약을 했다고도 하고… 후후후.”

이장도가 또다시 술잔을 기울였다.

시간이 지날수록 부쩍 술을 따르고 비우는 횟수가 잦아졌다.

"아주 틀린 말도 아니지. 사실 난 자네와 사부와 생사 대결을 펼쳐서라도 정마대전을 끝내고 싶었으니까. 그건 자네의 사부도 마찬가지였을 걸세. 할 수만 있다면 그렇게 하고 싶었을 거야."

이장도의 말에서 당시 정마대전으로 인해 극심했을 피로가 느껴졌다.

그건 대종사도 마찬가지였을 것이다.

두 사람은 그렇게 최고의 자리에 오른 사람만이 느낄 수 있는 절대고독을 공감했나 보다.

"왜 그렇게 하지 못하셨습니까?"

이장도는 고개를 들어 용악산을 물끄러미 바라보았다.

"제법 통찰력이 있는 친구인 줄 알았더니……."

말을 하면서 이장도는 곁에 있는 기련검을 보았다.

그가 살며시 미소를 지었다.

아마 이장도의 생각에 공감한다는 뜻인 것 같았다.

이장도가 천천히 입을 열었다.

"전쟁은 비탈길에 놓인 수레와도 같다네. 판이 커지고 나면 한 사람의 결심으로는 멈출 수가 없는 법이야. 자넨 아직 경험이 부족하구만."

이해할 수 있었다.

정도무림은 정도무림대로, 신교는 신교대로 수많은 이해관계와 세력들이 얽히고설킨 집단이니 아무리 수장이라 한들 단 두 사람만의 결심으로는 어려웠을 것이다.

하지만 이해한다는 것과 동의한다는 것은 다르다.

"변명이십니다."

"……?"

"……?"

이장도와 기련검이 동시에 용악산을 바라보았다.

"두 분은 모두 십만의 목숨을 책임진 수장. 더 이상 무의미한 싸움이라고 생각하셨다면 반드시 그 방법을 찾아내셨어야 합니다. 그게 두 분이 해야 할 일이었습니다."

"……!"

"……!"

이장도와 기련검은 용악산의 말에 상당한 충격을 받은 듯했다.

잠시 시간이 흐른 후에 이장도가 말을 이었다.

목소리는 한층 깊어져 있었다.

"자네 말대로 우리는 그 방법을 찾았네."

"……?"

"그게 바로 자네일세."

"무슨… 말씀이십니까?"

"아직도 모르겠는가. 자네는 자네의 사부가 후일을 위해 남겨둔 복안일세. 오직 자네만이 이 싸움을 끝낼 수 있네."

"도대체 무슨 말씀을 하시는 겁니까?"

"백발마존은 미래를 내다보는 선기를 지닌 사람이었지. 마도들이 신으로 추앙하는 것도 무리는 아니었어. 그는 훗날 자

신의 전인이 나타날 것을 예언하며 내게 한 가지 부탁을 했
네.”

“그게… 무엇입니까?”

용악산의 목소리가 그 어느 때보다 떨리고 있었다.

“생사탁검(生死託劍). 죽일지 살릴지를 내 검에 맡긴다고 했
네.”

대종사가 자신의 목숨을 이장도에게 맡겼다고 한다.

들어본 적도 없거니와, 상상조차 해본 적이 없었다.

자신의 존재를 누구에겐가 알려줬다는 것도 믿을 수 없는데
그 상대가 주적의 수장인 이장도였다니.

도대체 대종사는 왜 그런 엄청난 일을 했을까.

대종사는 용악산이 그가 말한 바다로 흘러가 낮은 세상을
볼 수 있을지 궁금했던 것이다.

행여 권력이라는 마(魔)에 사로잡혀 타인을 짓밟고 우뚝 서
지나 않을까 염려했던 것이다.

진정한 마는 탐욕이다.

만족을 모르는 탐욕.

선기를 지녔다는 대종사도 한 인간의 삶을 꿰뚫어 볼 수는
없었나 보다.

당연한 일이다.

태어날 때부터 운명이 정해져 있다면 인간의 자유의지란 없
는 것이 아닌가.

“결정하셨습니까?”

자신을 죽일지 살릴지 묻는 것이었다.

"이제 그러기엔 너무 늦은 것 같군. 내 검에 쓰러지기엔 자네가 너무 커버렸으니 말일세. 껄껄껄."

용악산은 이장도가 오래전에 이미 자신을 살리기로 결정했음을 깨달았다.

이장도는 언제부터 자신의 존재를 알고 있었을까?

아마 황하의 범선에서 장산벽과 싸울 때가 아니었을까.

그렇다면 그는 언제 자신의 생사를 결정했을까?

살려주기로 결심을 한 계기는 무엇일까?

금룡문이다. 용악산이 금룡문의 제자라는 삶을 사는 것을 본 후 그는 살려주기로 결심한 것이 틀림없었다.

"제게 원하는 것이 무엇입니까?"

이장도는 대답 대신 비단으로 감싼 칼 한 자루를 용악산의 앞으로 내밀었다.

천마군림도!

보지 않아도 알 수 있었다.

"북천마제를 꺾어주게."

북천마제는 십종대가주의 별호였다.

믿기 힘들었다.

천하제일의 검사라는 이장도조차 북천마제를 꺾을 수 없다는 것일까?

설사 그것이 사실이라고 해도 본인의 입으로 그것을 말하는 것은 쉽지 않다.

이장도 같은 절대고수라면 더더욱.

"직접 하시지 그러십니까?"

"했지, 직접."

"……?"

"내가 졌네."

"언제……?"

"오래전의 일이지. 그 무렵, 자네의 사부는 북천마제가 자신의 무공을 꺾을 수 있는 공전절후의 도법을 거의 완성했다는 것을 알고 있었지. 난 더 늦기 전에 북천마제를 죽여야 한다 생각하고 그를 찾아갔네. 그와 사흘 밤낮을 겨루었지만 결국 꺾지 못했지. 미완의 도법인 데도 불구하고 백팔염라도는 진정 강했어. 무려 십 년 동안이나 파훼법을 고심해 봤지만 허사였네. 천공성주가 그 도법에 당한 것도 무리는 아니지."

용악산은 무척 놀랐다.

그간 십종대가주가 무림맹주와 논검을 했다는 얘기는 한 번도 들어본 적이 없었다.

이런 거물들이 격돌을 하고서도 일절 그에 대한 소문이 없었다는 것이 신기했다.

천하제일검이라는 이장도가 패했다는 건 더더욱 신기했다.

용악산이 어리둥절해하는 사이 이장도가 말을 이었다.

"하지만 단 하나, 마도백가 대종사의 무학이 온전한 합일을 이룬다면 백팔염라도를 꺾을 수 있지. 그게 자네의 사부와 내가 자네를 선택한 이유일세."

이장도는 지금 무인으로서는 상당히 꺼내기가 어려운 말을 하고 있었다.

결국 자신은 북천마제의 적수가 못 되고 백발마존의 적수 또한 못 된다는 소리가 아닌가.

정도무림의 우상이자 천하제일검 이장도가 말이다.

"그건 저 역시 불가능합니다."

"어찌하여?"

"장산벽과 생사결을 펼칠 때 그가 백팔염라도를 펼쳤습니다. 실수를 유도해 그를 제압하기는 했지만 그건 그의 경험이 부족한 탓. 다시 부딪친다면 똑같은 실수를 할 리가 없습니다."

"아니, 자네는 이길 수 있네."

"……?"

"자네의 사부는 분명 자네가 배운 무공 속에 백팔염라도를 파훼할 수 있는 초식을 심어두었네. 다만 자네가 그것을 찾지 못했을 뿐."

전혀 뜻밖의 말이었다.

사부가 가르쳐 준 무공 속에 백팔염라도를 염두에 둔 것이 있다니.

밤이 깊어갔고 두 사람은, 아니, 세 사람은 오랫동안 침묵했다.

이윽고 이장도가 용악산을 채근했다.

"자네도 저들에게 원한이 깊겠지?"

"복수는 반드시 할 겁니다."

"정도무림이 무너지면 금룡문이 설 곳도 없을 것이네."

"적어도 그 부분에서는 서로의 생각이 일치하는군요. 하지만 이것 하나만큼은 분명히 해두지요. 내 복수와는 상관없이 당신들의 수족이 되어 절대권력을 안겨주는 싸움은 하지 않을 것입니다."

"말을 조심하라!"

곁에서 기련검이 노한 음성으로 용악산을 나무랐다.

묵묵히 지켜보던 지금까지와는 다른 위엄이 풍겼다.

이장도는 손을 들어 기련검을 제지한 후 가벼운 표정으로 용악산을 응시했다.

"자네도 언젠가는 알게 될 걸세. 절대권력은 처음부터 없다는 걸."

이번엔 용악산이 이장도를 응시했다

눈빛이 횃불이 되어 이장도의 동굴을 탐험했다.

이장도는 분명 큰 깨달음을 얻은 것이 분명했다.

그라면… 그라면 믿어도 좋을 것 같았다.

서거하신 대종사가 믿어준 사람이 아닌가.

"제가 어찌하면 됩니까?"

이장도는 천천히 기련검에게 시선을 주었다.

기련검이 고개를 끄덕이자 용악산의 표정이 굳어졌다.

이 시점에서 두 사람의 눈빛이 나누는 의미를 짐작했기 때문이다.

"십만마도라는 말이 있지. 정마대전이 벌어지는 동안 절반이 죽었다고 해도 중원무림엔 오만이 넘는 마인들이 숨어 살고 있네. 그들이 지금 무얼 하고 있는지 아는가?"

"상인, 표사, 촌부 등으로 신분을 위장해 살고 있는 것으로 압니다."

"제대로 보았네. 한데 그들이 하나둘씩 북천마제 밑으로 들어가고 있네. 그들 모두가 힘을 하나로 뭉친다면 중원무림은 절대 되찾을 수 없네."

"하면?"

"마도백가의 무맥을 이은 적통과 대종사의 유일한 전인이 생존해 있다는 걸 천하에 공표해야겠네. 금룡문의 제자들에게도 말일세."

"그게… 제게 무엇을 의미하는지 아십니까?"

"자네가 가진 모든 것을 빼앗겠지."

"제가 만약 거절한다면?"

"그땐 여기 계신 노 대협께서 나서시겠지."

이제야 기련검을 데려온 이유를 알 수 있었다.

짐작은 했지만 이렇듯 솔직하게 말을 해줄 줄은 몰랐다.

용악산은 한동안 침묵에 빠졌다.

금룡문은 이제 용악산에게 전부다.

그걸 알면서도 이장도는 그 전부를 내놓으라고 한다.

자신이 비파랑이 아니라는 걸 알면 은서령은 어떤 표정을 지을까.

공춘보는, 하풍달은, 그리고 표자룡은.

사안의 중요성을 알기에 이장도는 용악산을 채근하지 않고 기다려 주었다.

숨 막힐 듯한 침묵이 흐른 후에 용악산이 무거운 입을 열었다.

"한 가지 조건이 있습니다."

"무엇인가?"

"마도고수 백 인에 대한 살생부를 거두어주십시오."

"이미 유명무실화된 것이 아니었던가?"

"북천마제를 죽인 후 다시 무림을 되찾았을 때, 그때 신교의 형제들을 숙청하지 않겠다고도 약속해 주십시오."

"그건 불가능하네."

"……!"

"난 평생 정도를 걸어온 사람. 마인들과는 함께 공존할 수는 없네."

"……?"

"하지만 마도를 버리고 초야에 묻힌다면 더 이상 마인이 아니겠지. 지금의 자네처럼."

지금의 자네처럼…….

이 장도의 이 한마디가 용악산을 무겁게 짓눌렀다.

이제 더 이상 자신은 마인이 아니었던가.

몸에는 아직 마도의 무학이 존재하고 있는데도?

용악산의 생각을 읽기라도 한 듯 이장도가 조용히 입을 열었다.

"아직도 모르겠나? 마는 무공이 아닌, 사람에 달린 것이라 네."

결국 이장도는 처음 했던 말과 달리 용악산을 더 이상 마인이라 생각하지 않고 있었던 것이다.

다시 약간의 시간이 흐른 후 용악산은 몸을 일으켰다.

그의 손에는 천마군림도가 들려 있었다.

방을 나가기 전 용악산의 뒷모습을 향해 이장도가 말했다.

"미안하군, 이런 짐을 지워서."

그러나 용악산의 결심은 이장도 때문이 아니었다.

*   *   *

동이 트기엔 아직 이른 시각.

용악산은 운기조식을 하고 있었다.

금룡문에서였다면 지금쯤 바깥에서 새벽을 여는 표자룡의 기합 소리가 들려왔을 것이다.

방문을 열며 시끄럽다고 투덜대는 공춘보와 거지 아이들에게 먹일 만두를 쪄서 나가는 은서령의 모습도 보일 것이고.

문득 금룡문의 새벽 풍광이 그립다는 생각이 들었다.

어쩌면 앞으로는 영영 볼 수 없을지도 모르는 풍광들.

"부르셨습니까?"

표자룡의 기합 대신 아직 잠을 덜 깬 채홍만의 목소리가 바깥에서 들려왔다.

용악산은 길게 심호흡을 하며 운기조식을 마무리했다.

"일대제자들을 모두 불러라."

"지금… 말씀이십니까?"

"그래, 지금."

채홍만은 한참이나 시간이 흐른 후에야 대답을 했다.

"알겠습니다."

그 역시 알고 있는 것이다, 용악산이 금룡문의 일대제자들에게 무슨 말을 하려는지.

잠시 후 사람들이 부스스한 모습으로 용악산의 처소를 찾아왔다.

아직 식사를 하기에는 이른 시각.

무슨 영문인지를 몰라 다들 서로의 눈치만 살폈다.

"모두 모였습니다."

채홍만이 말했다.

모두 모였음을 이미 알고 있는데도 굳이 말을 하는 것은 용악산의 입에서 오랫동안 말이 흘러나오질 않았기 때문이다.

"자룡이는?"

용악산이 물었다.

"밤새 고열에 시달리다가 이제 막 잠들었어요."

은서령이 말했다.

어제 표자룡의 등에 화살을 박은 일 때문인지 그녀의 목소리엔 골이 나 있었다.

누구라도 놀랐을 것이다.

사형이 사제의 등에 화살을 찌르다니.

어쨌든 그 일로 표자룡은 이 자리에 참석을 하지 않았다.

고열은 핑계다.

그는 사형들이 모이는 자리에 오고 싶지 않은 것이다.

차라리 잘되었는지도 모른다.

용악산을 유난히 따르던 표자룡에겐 더욱 충격적인 말이 될 테니까.

또다시 시간이 하염없이 흘렀다.

사람들은 서로의 얼굴만 멀뚱멀뚱 쳐다봤다.

새벽부터 대사형이 부른 것으로 보아 무언가 중요한 얘기가 있는 것 같기는 한데 도무지 짐작을 할 수가 없었다.

용악산의 무거운 입이 열리는 데는 그 후로도 한참의 시간이 흐른 후였다.

"요즘에는 왜 새벽 수련들을 하지 않는 것이냐?"

"에? 여기서도 새벽 수련을 하라고요?"

공춘보가 콧구멍을 벌름거렸다.

"수련에는 때와 장소가 없는 법이다."

"대사형, 좀 봐주십쇼. 새벽 수련도 평안한 시절 얘기지, 흉악한 마귀들이 언제 쳐들어올지도 모르는데 새벽부터 전투력을 낭비해서야 되겠습니까?"

공춘보가 너스레를 떨었다.

흉악한 마귀라는 말이 용악산의 가슴에 파고들었다.

"자룡이라면 이런 와중에도 수련을 게을리하지 않았을 것이다."

자신도 모르게 나온 말.

"……!"

"……!"

"……!"

표자룡을 언급하자 공춘보, 하풍달, 은서령의 표정이 동시에 얼떨떨해졌다.

어제까지만 해도 목을 매달고 등에 화살을 쑤셔 박는 둥 죽일 것처럼 하더니 오늘은 또 표자룡의 편을 들고 있지 않은가.

잠시 어색한 침묵이 흐른 후 용악산의 말이 이어졌다.

"하루를 쉬면 너희들이 꿈도 그만큼 멀어진다. 수련에 핑계를 대지 마라."

"끄응, 알았습니다. 오늘까지만 쉬고 내일부터는 하지요."

공춘보가 마지못해 대답을 했지만 얼굴은 하지만 똥 씹은 표정이다.

"춘보야."

"예."

"너의 발은 상대의 보법을 어지럽게 하는 천부적인 능력을 지녔다."

"에에? 제가요?"

"그 많은 실전에서 한 번도 적에게 붙잡히거나 부상을 입지 않고 요리조리 빠져나온 걸 보면 알 수 있지. 네게 필요한 건 자신감이다. 스스로를 믿고 차륜박(車輪拍)을 수련함에 박차를 가해라.”

“거… 뭐, 제가 좀 날래기는 하지요. 큭큭.”

공춘보는 뒤통수를 긁적긁적하더니 얼굴이 발개졌다.

난생처음 용악산에게 들어보는 칭찬이었다.

“풍달아.”

“예, 대사형.”

“사부님께서 네게 풍천장(風川掌)을 깊이 가르쳐 주신 이유를 아느냐?”

“글쎄요.”

“넌 어렸을 때부터 배운 금나수가 손에 익었기 때문이다. 만류귀종(萬流歸宗)이라 했거늘, 하물며 금나수와 풍천장이 어찌 둘이겠느냐. 풍천장의 무리를 금나수에서 찾아보거라.”

하풍달의 표정이 딱딱하게 굳었다.

자신의 풍천장이 구성에서 멈춰 더 이상 진전이 없다는 걸 귀신같이 알고 있었기 때문이다.

한 번도 겉으로 내색한 적이 없거늘.

“서령아.”

“……”

은서령은 대답 대신 고개를 들어 용악산을 보았다.

“너의 북풍십삼막은 한 사내의 모든 것이 담긴 도법이다. 평생 수련을 게을리하지 마라.”

“……?”

은서령의 눈동자에 궁금증이 고였다.

무슨 말인지 이해할 수 없다는 표정.

"언젠가는 모든 걸 알게 될 것이다. 그리고 자룡이에게는……."

용악산은 말을 하다가 잠시 쉬었다.

이미 검을 포기한 녀석에게 검리를 가르쳐 준들 소용이 있을까.

하지만 한마디를 해주지 않을 수 없었다.

꼭 하고 싶은 한마디.

"맹금야렵(猛禽夜獵)이라고 전해라."

맹금야렵. 맹금류는 밤에 사냥을 한다는 뜻이다.

칠흑 같은 밤에는 눈보다 본능적인 감각이 중요하다.

표자룡에게 나아갈 길을 알려준 것인데, 알아듣고 말고는 이제 표자룡에게 달렸다.

"……."

"어찌 대답이 없느냐?"

용악산이 은서령에게 물었다.

은서령의 표정이 어느 순간부터 딱딱하게 굳어 있었다.

표정이 굳은 것은 하풍달도 마찬가지였다.

"무슨 일이십니까?"

하풍달이 물었다.

"……?"

"왜 갑자기 이런 말씀을 하시는 겁니까, 마치 어디론가 멀리 떠날 사람처럼.”

하풍달의 말에 공춘보도 그제야 사태의 심각성을 알고 굳은
얼굴이 되었다.

용악산은 공춘보, 하풍달, 은서령을 차례로 쳐다보고는 천
천히 입을 열었다.

“지금부터 내가 하는 말을 잘 들어라.”

“……?”

“……?”

“……?”

“일 년 전 정마대전이 끝난 후, 난 북방의 대평원을 가로지
르고 있었다. 사방에 보이는 것이라곤 얼어붙은 들판뿐인 그
곳에서 나는 한 사람과 우연히 조우했다. 모닥불을 함께 쬐며
겨우 반나절 정도를 보냈지. 그러다 지금의 장산벽 일행을 만
났다. 격전이 벌어졌고 함께 모닥불을 쬐던 그가 죽었다.”

“대사형, 대체 무슨 말씀을 하시는 건지…….”

하풍달이 자르고 들어왔지만 용악산의 말은 계속됐다.

“그는 내게 보자기 하나를 건네주며 항주에 있는 금룡문에
가져다줄 것을 부탁했다. 그의 이름은 비파랑, 정마대전에 참
전한 후 항주로 가는 길이라고 했다.”

“지, 지금 무슨 말씀을 하시는 겁니까!”

하풍달의 목소리가 커졌다.

공춘보와 은서령의 얼굴은 사색이 되었다.

“난 너희들이 알고 있는 비파랑이 아니다.”

"비파랑이 아니면 도대체 누구라는 말입니까!"

"내 이름은 용악산. 마도백가의 마지막 무맥이자 마도대종사 백발마존 천제강의 전인이다."

쿵!

둔기로 뒤통수를 후려치면 이런 소리가 날까?

세 사람은 실제로 그런 소리를 들었다.

충격과 경악으로 무슨 말을 어떻게 해야 할지 몰랐다.

대사형의 입에서 나온 말들은 도저히 믿을 수 없는 것들뿐이었다.

일 년 동안이나 생사고락을 함께했던 사람이, 오늘의 금룡문을 일으켜 세우고 자신들에게 잊고 있었던 꿈을 다시 꾸게 해준 사람이 마인이라니.

마도백가의 무맥이라니, 그 악명 높은 천마대종사의 제자였다니.

피가 거꾸로 흐르는 것처럼 충격적이었다.

"거짓말……."

공춘보의 목소리가 파르르 떨리고 있었다.

"그럴 리가 없어. 당신이 마인일 리가 없어."

용악산은 정좌를 한 상태에서 지그시 눈을 감았다.

하고 싶은 말은 모두 했다.

이제 저들의 힐난과 질책을 받는 일만 남았다.

"어째서… 비파랑의 행세를 한 것입니까?"

하풍달이 싸늘하게 식은 음성으로 말했다.

예전의 대사형을 대하는 목소리가 아니었다.

용악산은 선뜻 대답을 하지 못했다.

"말해보십시오. 왜, 왜 비파랑의 행세를 했습니까?"

"내겐… 새로운 신분이 필요했다."

"하면… 사매는 어떻게 되는 겁니까?"

"……?"

용악산이 눈을 떠 은서령을 바라보았다.

얼굴에 핏기라곤 한 점 없는 은서령이 망연자실한 표정으로 용악산을 바라보고 있었다.

마치 모든 것이 텅 비어버린 것 같았다.

아비의 죽음, 표자룡의 자살 시도, 이제는 대사형의 충격적인 고백까지……

"그것도 모르고 사매는… 사매는……."

더 이상 화를 참지 못한 하풍달은 자리를 박차고 나갔다.

그가 하고 싶었지만 끝까지 하지 못한 말이 무엇이었는지 용악산은 알고 있었다.

"마, 마인이었다니. 그것도 수괴의 제자였다니……."

공춘보도 실성한 사람처럼 혼잣말을 중얼거리더니 밖으로 향했다.

그러다가 아직도 문 앞에 앉아 있는 채홍만에게 말했다.

"너도 들었냐? 우리가 믿고 따랐던 대사형이 마귀란다. 제길."

"……"

"넌 또 얼굴이 왜 그래? 하기사 입문한 지 얼마 안 됐지만 너도 배신감이 들겠지. 그러니 나와 풍달이는 오죽하겠냐? 안 그래?"

"……."

"왜 아무 말이 없어?"

"죄송합니다."

채홍만이 갑자기 땅바닥에 무릎을 꿇었다.

"뭐가 죄송… 서, 설마 너도?"

"전 저분의 수하입니다."

"뭐, 뭐라고!"

"대주의 명을 받고 서령… 아가씨를 암중에서 호위하다가 들키는 바람에 그만. 그 이후로는 두 분께서도 아시는 바와 같습니다. 신분을 속여서 정말 죄송합니다."

거인이 엎드려 용서를 비는 모습은 참담했다.

소림사 대전의 당간지주가 부러질지언정 채홍만의 무릎은 절대 구부러지지 않을 것 같았으니까.

공춘보는 얼굴이 붉으락푸르락해지더니 갑자기 채홍만의 멱살을 잡고 말했다.

"이 빌어먹을 자식! 그런 줄도 모르고 난… 난……."

공춘보가 멱살을 잡고 흔들어도 채홍만은 가만히 있었다.

"다 말해봐. 또 숨기는 게 있으면 모두 말해보란 말이야!"

"금룡문에서 전투가 벌어졌을 때 우리를 도우러 온 사람들도 모두 대주의 수하들입니다."

“뭐!”

“승려, 뱃사공, 선비, 거지, 상단 사람들 전부… 대주의 옛 수하들입니다.”

“이런……!”

공춘보는 채홍만을 거칠게 내동댕이친 후 문을 박차고 나갔다.

공춘보와 하풍달이 나가고 난 후 채홍만은 몸을 일으키더니 은서령에게 절을 한 후 조심스럽게 바깥으로 나갔다.

아마 마지막 인사를 하는 모양이었다.

이제 방 안에는 은서령과 용악산, 두 사람만 남게 되었다.

“그는 어떻게 되었나요?”

은서령이 물었다.

목소리는 전에 없이 가늘게 떨리고 있었다.

용악산은 은서령이 말한 그가 진짜 ‘비파랑’ 이라는 걸 알았다.

“평원에 묻어주었다.”

다시 이어지는 침묵.

“차라리 끝까지 숨기시지 그러셨어요.”

“……”

“말씀해 보세요. 이제 와서 왜 이런 얘기를 하시는 건지.”

“사흘 후 떠난다.”

“어디로……?”

“나도 알 수 없다. 한동안 수련에 매진할 생각이다.”

"이제 뭐라고 불러 드려야 하죠?"

용악산이 대답해 줄 수 없는 질문이다.

선택의 그의 몫이 아니었으므로.

"그렇군요. 제가 쓸데없는 질문을 했어요. 떠나시면 이제 부를 일도 없을 것을."

그 말을 끝으로 은서령은 자리에서 일어났다.

조용히 방을 나가는 그녀의 뒷모습이 무척이나 차가웠다.

第四章
이름을 되찾다

天山刀客

　환희방의 장원은 찬물을 끼얹은 듯 고요했다.

　용악산이 오래전부터 은서령과 복중혼약을 맺었던 비파랑
이 아니며, 마도대종사의 전인이라는 소문은 삽시간에 북망동
전역으로 퍼졌다.

　당연히 백여 명에 이르는 이대제자들의 귀에도 들어갔다.

　그들은 용악산이 죽은 비파랑 행세를 하며 자신들을 속였다
는 것에 분노했다.

　게다가 그런 마인들이 백여 명이나 더 있다는 것에 두려워
했다.

　심지어 환희방의 무인들조차 두려운 나머지 용악산만 보면
슬금슬금 피했다.

항주 변두리의 작은 무관에 불과했던 금룡관을 오늘날의 금룡문으로 키워준 것에 대한 고마움보다 자신들을 속인 것에 대한 배신감이 더 컸던 것일까.

아니면 용악산이 행한 그 모든 일들의 순수성마저 의심을 받아서였을까.

그날 이후 아무도 용악산을 찾아오지 않았다.

용악산은 중원인들의 머릿속에 각인된 마인에 대한 적대감을 뼈저리게 느꼈다.

은서령을 비롯한 공춘보, 하풍달 등은 자신들끼리 따로 모여 식사를 했다.

금룡문의 식사 시간에 용악산의 자리는 이제 없었다.

용악산의 곁을 지키는 사람들은 예전의 수하들뿐이었다.

아니, 단 한 사람, 용악산을 전과 다름없이 대하는 사람이 있었다.

"어찌하여 아무것도 묻지 않는 거요?"

용악산의 질문에 서문홍주는 오히려 이렇게 반문했다.

"무얼 물어야 하는 거죠?"

"내가 마도의 핵심 인물이라는데 방주께서는 두렵지 않소?"

"당신은 달라졌나요?"

"······?"

"사실을 말한 후 당신의 마음이 전과 달라졌는지 묻는 거예요."

“……..”

“내게 보이는 당신은 그때나 지금이나 똑같아요. 그러니 내가 당신을 대하는 데 달라질 이유도 없어요.”

“다른 사람들은 그렇지 않소.”

“서운한가요?”

“모르겠소. 그냥… 그들과 함께 지낸 시간들이 내 인생에서 통째로 빠지는 듯한 느낌이오.”

“금룡문 사람들은 저와는 다를 거예요. 그들은 나처럼 신뢰를 먼저 준 것이 아니라 마음을 먼저 주었으니까요. 그런데 그 대상이 가짜라고 생각하면 얼마나 화가 나겠어요.”

용악산은 고개를 들어 하늘을 올려다보았다.

하늘이 부쩍 높아진 것이 이젠 완연한 가을이다.

“이제 어쩌실 건가요?”

“내일 밤 수하들을 이끌고 이곳을 떠날 겁니다.”

“어쩌면 함께 떠날지도 몰라요.”

“무슨 말씀입니까?”

“우리도 북망동을 비워야 할지 모른다고요.”

*　　*　　*

삶과 죽음의 경계는 무엇일까.

살아 있음을 증명하는 것은 무엇일까.

끝없이 몰려드는 고통?

아니면 하루에도 몇 번씩이나 찾아오는 죽음에 대한 욕망?

표자룡은 손에 들린 물건을 가만히 펼쳐 보았다.

화살촉이다.

죽은 사부의 몸에서 빼냈다는 초승달 모양의 화살촉.

겨우 새끼손가락 하나를 구부린 정도로 작은 물건이지만 양쪽이 시퍼렇게 날이 서 있었다.

몸에 박히는 순간 생살과 내장을 가르고 들어갔을 것이 틀림없었다.

그날 철갑기마대에게 쫓겨 북망동으로 피신을 오던 날, 사부는 이걸 등에 박고도 오랫동안 적들과 결전을 벌였다.

살아서 자신에게 적들이 달려오는 방향을 알려주었다.

제자들을 한 명이라도 더 살리려고.

표자룡은 화살촉을 손바닥 위에 올려놓은 상태에서 주먹을 와락 움켜쥐었다.

화살촉이 살을 파고들면서 뜨거운 핏물이 손가락 사이로 흘러내렸다.

육체적인 고통은 정신을 지배하지 못한다.

표자룡은 한없는 분노로 몸을 떨었다.

그러나 분노는 곧 지독한 상실감으로 변했다.

세상 모든 것이 무의미해지는 순간, 표자룡은 자신도 모르게 피 묻은 화살촉을 왼쪽 손목에 가져다 댔다.

복수를 하는 것은 태산을 옮기는 것만큼이나 어렵지만 생을 끝내는 약간의 힘만으로도 가능했다.

자신이 할 수 있는 유일한 것.

그때 바깥에서 낯익은 목소리가 들려왔다.

"타앗! 핫!"

소동이었다.

지난 며칠간 표자룡의 시중을 든 소동.

소동의 목소리에서 다급함을 느낀 표자룡은 몸을 일으켜 바깥으로 나갔다.

눈동자가 없으니 밝고 어둠을 구분할 수가 없었다.

그저 소리에 의지해 방향을 가늠할 뿐이었다.

쉭쉭!

"지옥혈마! 못다 한 승부를 가리자."

"이런 건방진 애송이 놈을 봤나!"

쑤에엑, 깡깡깡! 쑤에에엑!

검이 바람을 가르는 소리, 발이 땅을 끄는 소리와 함께 거친 숨소리가 다급하게 이어졌다.

"헉! 환검무영! 네, 네놈이 환검을 얻었을 줄이야."

"잘 가라, 지옥혈마!"

"크헉! 이, 이럴 수가. 언젠가 반드시 복수를 하고 말 테다."

"으하하하! 지옥혈마, 당신은 아무리 수련을 해도 내 상대가 안 된다. 으하하하!"

표자룡은 실소를 금치 못했다.

목소리는 지옥혈마의 것이 아니었다.

소동이 일부러 늙은이 목소리를 흉내 내 혼자 일인이역을 하고 있었던 것이다.

무엇보다 소동이 하는 독백의 대화가 어쩐지 낯이 익었다.

곰곰이 생각해 보니 그날 지옥혈마가 환희방을 찾아왔을 때 표자룡과 나눈 대화였다.

"어, 깨셨어요?"

소동이 뒤늦게 표자룡을 발견하고는 조르르 달려와 인사를 했다.

아직 거친 숨을 몰아쉬는 목소리에는 잔뜩 상기된 기색이 역력했다.

"무슨 해괴한 짓거리냐?"

"히, 보셨어요?"

"……."

"앗! 무사님은 앞이 안 보이는데 제가 또 실수를."

소년의 목소리가 또다시 다급해졌다.

서문홍주에게 실수를 하지 말라고 철저히 교육을 받았나 보다.

"무슨 짓이냐고 묻지 않느냐?"

"그냥… 검술 수련을……."

서늘한 표자룡의 목소리에 잔뜩 주눅이 든 소동의 기색이 읽혀졌다.

"바른대로 말하지 않으면 입을 찢어버리겠다!"

입을 찢어버리겠다는 말에 소동은 이제 사색이 되었다.

"저, 전 그냥… 그날 무사님께서 지옥혈마와 싸우던 것이 너무 멋져서……."

"네놈이 나를 기만하느냐!"

다시는 돌아갈 수 없는 시간을 소동이 언급해서였을까.

표자룡은 무척 화가 났다.

온몸을 부르르 떨며 소동의 어깨를 잡아채려는 순간,

"무사님처럼 되고 싶어요!"

악에 받친 소동의 외침에 표자룡이 그 자리에서 우뚝 멈췄다.

저런 목소리를 들어본 적이 있었다.

목숨을 걸 만큼 무언가를 간절히 바라는 사람만이 낼 수 있는 목소리.

십여 년 전 금룡관을 찾아가 은도천에게 제자 되기를 청했던 표자룡의 목소리가 그랬다.

"제자가 되고 싶습니다."

"무엇 때문이냐?"

"사람답게 살고 싶습니다."

"사람답게 사는 것이 무엇이냐?"

"모릅니다."

"사람답게 사는 것이 어떤 건지도 모르면서 어떻게 사람답게 살고 싶다는 것이냐?"

"어르신이라면 제게 그걸 가르쳐 주실 수 있을 것 같습니다."

“무엇 때문이지?”

표자룡은 오래전 사부가 자신에게 물었던 질문을 똑같이 소동에게 물었다.

“사람답게 살고 싶어서요.”

“어떻게 사는 것이 사람답게 사는 거지?”

“좋아하는 사람들을 지켜주는 거요. 환희방의 형제들을 지켜주고 싶어요. 그러려면 무사님처럼 강해져야 해요.”

“난 이제 더 이상 네가 생각하는 그런 고수가 아니다.”

“왜요?”

“네 눈엔 장님이 된 내가 보이지 않느냐?”

“그때도 눈을 감고 계셨잖아요.”

“무슨… 말이지?”

“그날 칼에서 수많은 빛줄기가 뻗어 나와 지옥혈마의 몸을 난도질할 때 말이에요. 전 분명히 보았어요, 그 순간 무사님께서 눈을 감고 계신 걸. 그래서 저도 눈을 감고 연습하는걸요.”

“……!”

＊　　　＊　　　＊

이른 새벽부터 북망동이 분주했다.

따개비처럼 다닥다닥 붙어 있는 전각들과 그 사이로 거미줄처럼 뻗은 골목길은 사지가 된 지 오래였다.

그동안 깊숙한 곳에 기거하고 있던 북망동의 흉신악살들이 전부 도검을 뽑아 들고 밖으로 나온 탓이었다.

"밤새 놈들이 북망동을 포위했습니다."

중요 인사들이 모인 자리에서 야천왕이 말했다.

"숫자가 얼마나 될 것 같습니까?"

독행천괴가 물었다.

"삼천입니다."

"떠헙!"

"정작 숫자는 중요하지 않습니다. 북망동은 미로와 같아 그 열 배에 달하는 적들이 쳐들어와도 능히 막아낼 수 있습니다."

"하면 무엇이 문제란 말입니까?"

"북망동에는 치명적인 약점이 하나 있습니다. 지금까지는 감히 북망동을 넘보는 세력이 없었기에 그 약점을 치고 들어오는 이들이 없었지만 전면전을 결심한 터라면 참으로 난감해지지요."

"허허, 그러니까 그 치명적인 약점이라는 것이 무엇입니까?"

독행천괴의 거듭되는 물음에 야천왕은 주변을 한 번 휘이 둘러본 후 천천히 입을 열었다.

"화공입니다."

"화, 화공!"

"해마다 이맘때면 조수간만의 차이가 가장 커지면서 바다에서 육지로 부는 바람이 극성을 부리게 됩니다. 이때 화공을 펼치면 북망동은 그야말로 화염 속에 갇히게 될 겁니다."

"이, 이럴 수가!"

독행천괴를 시작으로 좌중은 충격과 공포의 도가니에 빠져들었다.

야천왕의 말을 들어보니 과연 그러했다.

어제까지만 해도 산들거리던 바닷바람이 오늘 새벽부터는 심상치 않은 조짐을 보이고 있었다.

빽빽하게 붙어 있는 북망동의 전각들 또한 화공을 펼치기에 최상의 조건이었다.

모두가 침통한 표정을 감추지 못하는 와중에 이장도가 조용히 입을 열었다.

"드디어 올 것이 왔군요."

"맹주는 일이 이렇게 될 줄 이미 알고 계셨단 말입니까?"

독행천괴가 물었다.

"저들이 가만히 당하고 있을 리 없지 않습니까?"

"하면, 화공을 펼칠 것도 알고 계셨습니까?"

"그거야 저보다는 여기 계신 환희방주와 야천왕께서 더 소상히 짐작했겠지요. 안 그렇습니까?"

이장도가 물었지만 서문홍주와 야천왕은 여전히 굳은 표정이었다.

짐작은 했지만 딱히 방도가 없었기 때문이다.

아니, 그 방도라는 것이 두 사람의 얼굴을 무겁게 만들었다.

사람들의 시선을 모두 받으면서 야천왕이 서문홍주에게 물었다.

"준비는 되었느냐?"

"어젯밤 모두 마쳤습니다."

"수고했구나."

서문홍주에게 한마디 격려를 한 후 야천왕은 사람들을 둘러보며 말했다.

"모두들 잘 들으십시오. 지금 이 순간부터 우리는 북망동을 버릴 것입니다."

"부, 북망동을 버리다니, 그게 무슨 말이오?"

독행천괴가 물었다.

"북망동의 주민들 모두가 다른 곳으로 이주를 할 것입니다."

"천하가 이미 마도의 수중에 떨어졌거늘, 이 많은 사람들을 데리고 어디로 간단 말입니까?"

"차차 아시게 될 겁니다. 시간은 내일 새벽입니다. 그때까지 모두 채비를 마쳐 주십시오."

이내 사람들이 떠날 채비를 하기 위해 뿔뿔이 흩어졌다.

수뇌부의 모임에 참석했던 은서령과 공춘보, 하풍달은 잠시 용악산에게 시선을 준 다음 조용히 사라졌다.

금룡문의 제자들을 모으기 위해서였다.

그들이 사라지고 난 뒤 서문홍주가 용악산에게 말했다.

"제가 함께 떠나게 될 거라고 했죠?"

"장원을 두고 떠날 생각입니까?"

"그래야겠죠."

서문홍주가 사방을 둘러보며 말했다.

"하지만 이곳은 방주의 손때가 묻은 곳이 아닙니까?"

"전쟁 중에 터전을 잃어버린 사람이 어디 한둘인가요. 유난 떨고 싶지 않아요."

말은 그렇게 하지만 용악산은 서문홍주의 가슴이 얼마나 찢어질지 짐작할 수 있었다.

그 역시 금룡문을 떠나올 때 그랬으니까.

*　　　*　　　*

슈슈슈슝!

북망동의 밤하늘로 수천 개의 유성이 날아올랐다.

유성은 긴 꼬리를 만들며 북망동으로 떨어졌다.

골목에도, 지붕 위에도, 심지어 환희방의 장원에도.

유성처럼 보인 것은 모두 불화살이었다.

다음에 이어진 것은 작은 항아리였다.

주둥이에 밧줄을 묶어 던진 항아리는 앞서 불화살이 그랬던 것처럼 장소를 가리지 않고 떨어졌다.

철퍽철퍽, 항아리들이 깨지자 기름 냄새가 진동을 했다.

맹화유(猛火油)였다.

때마침 불어온 강풍을 타고 불길은 북망동 전역으로 번졌다.

그 무렵, 벽력궁의 마지막 생존자이자 강호사괴 중 하나인 뇌신통과 북망동의 은거고수 백여 명이 야천왕을 찾아왔다.

"무슨 일이오?"

"우리는 이곳에 남겠소이다."

술 냄새가 진동하는 뇌신통이 말했다.

이런 순간에도 그는 손에서 술 호리병을 놓지 않고 있었다.

"무슨 말이오!"

"불을 불로서 다스린다는 말을 아시오?"

"….?"

"내가 저 놈들에게 진짜 뜨거운 맛이 무엇인지를 확실히 보여 주겠소."

"내 말은 그게 아니잖소!."

야천왕의 호통에 뇌신통은 술을 한 모금 마신 후 말했다.

"무림공적으로 낙인찍힌 후 평생을 떠돌아다녔소. 북망동에 들어올 때 이곳이 마지막 터전이라고 다짐했소. 그러니 난 이곳에서 뼈를 묻을 거요."

야천왕이 주변을 돌아보자 뇌신통과 함께 온 인사들 모두가 고개를 끄덕이며 결연한 표정을 지어 보였다.

"고집을 피울 일들이 아니오."

"고집이 아니오. 우린 이제 더 이상 쫓겨 다니고 싶지 않소."

말을 마친 뇌신통이 갑자기 야천왕을 향해 대례를 올리기 시작했다.

황당해하는 야천왕에게 뇌신통이 말했다.

"덕분에 생의 마지막 십 년을 편안하게 살았습니다. 부디 무사하십시오."

"……!"

야천왕은 더 이상 저들을 설득시킬 수 없음을 알았다.

단지 쫓기는 것이 싫어서가 아니다.

저들은 자신들을 희생해 다른 사람들에게 살길을 열어주고 싶었던 것이다.

함께 어울려 살 때는 말썽이 끊이질 않던 북망동이지만 이처럼 공동의 적을 만날 때는 무섭게 똘똘 뭉치는 것 또한 북망동만의 특성이다.

야천왕은 저만치 화염 속으로 사라지는 사람들을 끝까지 바라보았다.

잠시 후 거대한 폭발음과 함께 불길이 치솟았다.

쾅! 쾅! 쾅!

북망동의 초입이었다.

그러자 놀라운 일이 벌어졌다.

거대한 불길이 작은 불길들을 빨아들이면서 방향을 바꾸고 있었다.

그 덕분에 화염 속에서도 이리저리 길이 생겨났고 그 길을 따라 북망동의 사람들이 재빠르게 이동했다.

폭발음은 북망동 바깥에서도 들렸다.

맹화유가 든 항아리와 불화살의 숫자가 급격히 줄었다.

때 아닌 천멸폭의 폭발에 궁수들이 혼비백산하여 흩어진 것이다.

그 틈을 타 백여 명의 인사들이 함성을 지르며 적들을 향해 달려가는 소리가 들렸다.

사람들은 침착했다.

적과 항전하는 것을 포기하고 야천왕의 지시에 따라 비밀 통로를 통해 차례대로 북망동을 빠져나갔다.

놀랍게도 비밀 통로는 어느 객점에서 시작해 어디론가 향하는 지하도였다.

사람들은 어디로 연결됐는지도 모르는 채 야천왕의 지시를 따라 지하도로 들어갔다.

모두가 지하도로 들어간 후에도 서문홍주는 가장 늦게까지 장원에 남아 있었다.

유난을 떨고 싶지 않다던 어젯밤과는 달리 차마 발길이 떨어지지 않았다.

여기저기서 떨어진 불화살에 장원은 순식간에 화염으로 뒤덮였다.

오랫동안 공들여 가꾼 목련 나무가 타들어갈 때는 가슴이 찢어지는 것 같았다.

그 순간 누군가 서문홍주의 손목을 잡아끌었다.

고개를 돌려 보니 은서령이 서문홍주를 바라보고 있었다.

"서둘러야 해요."

"이런 기분이었군요, 당신이 금룡문을 떠나올 때."

"언제고 다시 돌아갈 거라고 다짐했어요."

"저도 그럴 수 있을까요?"

은서령은 대답 대신 고개를 끄덕였다.

두 사람 사이에 잠시 침묵이 있었다.

저만치 지하도로 향하는 입구에서는 도쟁선과 하풍달이 두 사람을 재촉하며 부르고 있었다.

"아직도 그 사람을 미워하고 있나요?"

서문홍주가 말했다.

용악산을 두고 일컫는 말이었다.

"방주님, 지금은 이러실 때가……."

"그가 저를 벗이라고 했을 때, 조금 슬펐어요. 난 사실 그의 여자가 되고 싶었거든요."

"……!"

"그는 당신에게 사형이기만 했나요?"

"무슨… 말씀이신지."

"당신이 왜 그러는지 알아요. 당신은 용 공자에게 화가 난 것이 아니라 자신에게 화가 난 거죠. 당신이 좋아한 사람이 가짜여서 그를 향한 당신의 감정조차 진의가 의심스러운 거예요. 그렇지 않나요?"

"무례하시군요."

"스스로를 들여다보세요. 마음은 거짓말을 못 하죠."

말을 끝낸 서문홍주는 서둘러 비밀 통로를 향해 달려갔다.

망치로 뒤통수를 맞은 듯 홀로 남아 멍한 표정으로 있던 은서령의 허리를 누군가 잡아챘다.

우악스런 힘에 몸이 꺾이기를 한차례.

곁을 돌아보니 용악산이 자신을 허리에 낀 채 달리고 있었다.

왜 그랬을까.

은서령은 힘껏 용악산을 밀쳤다.

그 순간 조금 전 은서령이 있던 자리에 거대한 항아리가 떨어졌다.

화라라락!

항아리가 깨지면서 맹화유에 옮겨 붙은 불길이 방원 십여 장의 공간을 집어삼켰다.

그 자리에 있었다면 통째로 구워졌을 상황.

그제야 은서령은 용악산이 자신의 목숨을 구해주었다는 걸 알았다.

은서령을 내려놓은 용악산은 한동안 그 자리에 서 있었다.

당황하기는 은서령도 마찬가지였다.

지금 이 순간 두 사람은 서로가 한없이 멀어진 걸 느꼈다.

지하도는 북망동에서 십 리 정도 떨어진 서남쪽 죽림으로 연결되어 있었다.

해안을 따라 십만 평이나 펼쳐진 거대한 죽림.

그곳에 수백 명의 사람들이 모여 있었다.

북망동의 고수들이 죽림 주변을 감시하는 가운데 수뇌부들이 다급하게 모였다.

야천왕의 다음 지시를 기다리기 위해서였다.

“적들은 우리가 튀어나오지 않는 걸을 이상히 여겨 곧 주변을 수색할 겁니다. 하면 죽림이 발각되는 것도 시간문제입니다. 어서 다음 행선지를 밝혀주시죠.”

이장도가 말했다.

“맹주께서는 저를 믿으십니까?”

“우리 사이에 믿음이 없었다면 여기까지 오지도 못했겠지요.”

“하면 끝까지 저를 믿고 따라주십시오.”

“노형.”

“북망동에는 수많은 군상들이 있습니다. 그들 중에는 저조차도 알지 못하는 인물도 있지요. 그중에 지옥혈마와 같은 간자가 있지 말라는 법이 없습니다. 제가 여기서 행선지를 밝히면 적들이 미리 그곳에 가 있을 수도 있습니다. 이게 제가 지금까지도 행선지를 밝히지 못한 이유입니다.”

“듣고 보니 그렇기도 하군요. 알겠습니다. 무조건 노형의 안내를 따르겠습니다.”

사람들은 모두 야천왕의 말에 동의했다.

어디로 향하는지 아는 사람이 적으면 적을수록 이 작전은 성공 확률이 높았다.

그 순간 어디선가 다급한 뿔 나팔 소리가 들려왔다.

잔류한 북망동의 고수들과 격돌이 벌어진 것이다.

그들이 시간을 벌어주는 동안 최대한 빨리 이곳을 벗어나야 했다.

"서두릅시다. 곧 이곳에도 적들이 들이닥칠 게요."

야천왕이 말을 했고 모두가 서둘러 길을 재촉했다.

하지만 한 사람만큼은 그 자리에서 움직이질 않았다.

용악산이었다.

"무슨 일인가?"

야천왕이 다가와 물었다.

"여기 남겠습니다."

"자네의 무공이 출중하다는 건 알지만 신이 아닌 이상 홀로 수천 명을 대적할 수는 없네."

"혼자가 아닙니다."

용악산의 주변으로 그의 수하들이 속속들이 모여들었다.

그 수만도 일백이었다.

야천왕은 그들을 모두 둘러본 후 말했다.

"여전히 마찬가지네."

"난 저들을 잘 압니다. 한식경도 걸리지 않아 이곳을 찾아낼 겁니다. 누군가 여기서 시간을 벌지 않으면 모두가 위험해집니다."

맞는 말이었다.

적들을 말을 탔고 자신들은 걸어서 행군한다.

북망동을 바치는 대가로 약간의 시간을 벌기는 했지만 적들을 따돌리는 것은 여전히 요원했다.

하지만 이곳에 용악산을 남겨두면 그는 십 중 십 죽고 만다.

야천왕은 쉽사리 결정을 내리지 못하고 이장도를 바라보았다.

이장도가 조용히 고개를 끄덕였다.

용악산의 결정을 존중하라는 소리다.

야천왕은 다시 용악산에게 시선을 돌리더니 전음을 보냈다.

[남쪽으로 삼백 리 정도 떨어진 곳에 풍천(風川)이라는 작은 바닷가 마을이 있네. 살아 있거든 동이 트기 전까지 그곳으로 오게. 명심하게. 반드시 동 트기 전이라야 하네.]

"가자!"

야천왕이 외치자 다시 행군이 시작되었다.

수백 명의 사람들이 은밀하게 죽림을 빠져나갔다.

서문홍주가 용악산에게 다가왔다.

"약속해 줘요."

"……?"

"다시 보게 될 거라고."

"약속하리다."

서문홍주는 한동안 용악산에게서 시선을 고정시키더니 이내 천천히 몸을 돌렸다.

이제 남은 사람들은 금룡문의 일대제자들뿐이었다.

은서령, 공춘보, 하풍달이 어느 정도의 거리를 둔 채 용악산을 바라보며 머뭇거렸다.

표자룡은 어디에 있는지 보이지도 않았다.

공춘보가 은서령의 눈치를 보더니 무언가 말을 하려는 듯 슬그머니 발을 뗐다.

그 순간 은서령이 매몰차게 몸을 돌려 야천왕의 뒤를 따라갔다.

다시 그 뒤를 하풍달이 따랐고 공춘보는 이러지도 저러지도 못하고 우왕좌왕하다가 뒤늦게 다른 사람들의 뒤를 따랐다.

"너무하는군요. 그래도 한때는 사형제였는데."

이조장 표충수가 말했다.

"충수, 말을 삼가라!"

석승이 돌연 싸늘한 목소리로 표충수를 나무랐다.

"너무 그러지 마십시오. 우리는 목숨을 걸고 도왔는데 돌아오는 것이라곤 싸늘한 냉대뿐이니, 세상에 이런 경우가 어디 있습니까? 아닌 말로 이름을 속인 게 그렇게 잘못……."

퍽!

표충수가 미처 말을 끝내기도 전에 석승의 주먹이 그의 턱을 강타했다.

불의의 일격을 당한 표충수는 벌떡 일어났다.

다리를 어깨 넓이로 벌리고 주먹을 불끈 쥔 그의 모습에서 투지가 읽혔다.

"충수, 많이 컸구나."

석승이 눈알을 부라리며 표충수와 마주 섰다.

두 사람 사이에 다툼이 벌어지려는 찰나, 용악산이 싸늘한 음성으로 말했다.

"중지!"

표충수와 석승이 동작을 멈추고 용악산을 바라보았다.

"두 사람 모두 칼을 쥐어라."

"대, 대주?"

석승이 말했다.

"지금은 전시다. 전시에 형제들끼리 싸움을 할 때는 그만한 이유가 있을 터. 기왕 싸울 바에야 한 사람이 죽을 때까지 싸 워라."

"죄송합니다."

두 사람이 동시에 부복을 하며 용서를 구했다.

용악산의 무서운 표정이 그래도 풀어지지 않자 넉살 좋은 거지, 평개가 나섰다.

"헤헤, 대주. 살생을 하지 않는 중과 살생을 업으로 삼는 백 정이 만났으니 당연히 부딪칠 수밖에요. 저 인간들은 원래 저 러려니 하고 그만 용서를 하시죠. 헤헤."

중 노릇을 하고 있는 석승과 백정 노릇을 하고 있는 표충수 를 슬쩍 놀리는 말에 사람들이 여기저기서 터져 나오는 웃음 을 참느라 얼굴이 시뻘게졌다.

사실 석승과 표충수가 사사건건 부딪친 건 어제오늘의 일이 아니었다.

그러면서도 술을 마실 때면 꼭 서로를 찾았다.

자신과 대적할 수 있는 사람은 각각 석승과 표충수뿐이라나?

“이제 어떻게 할까요?”

용악산의 표정이 약간 풀어지는 것을 눈치챈 삼조장 방종호가 얼른 화제를 돌렸다.

“내가 말한 것은 준비됐겠지?”

“물론이죠. 이런 걸 두고 남의 횃불로 게를 잡는다고 하지요. 후후.”

앞뒤 사정을 알 리가 없는 사람들이 들었다면 무슨 소린가 할 것이다.

“좋아, 매복을 하고 기다린다.”

“존명!”

사람들이 우렁차게 대답을 하고는 재빨리 움직였다.

세세한 명령은 필요없었다.

십 년을 하루같이 호흡을 맞춰온 사람들이다.

그들은 어디에 어떻게 매복을 해야 하는지 본능적으로 알고 있었다.

모두가 흔적도 없이 사라진 후 석승이 다가와 물었다.

“대주, 차라리 숲 밖으로 달려가 적들을 도륙하는 것이 어떻겠습니까? 지난번처럼 지켜야 할 사람도 없으니 이번에야말로 시원하게 싸울 수 있을 것 같습니다만.”

금룡문에서 북망동까지 오는 동안의 불편했던 점을 언급하는 것이었다.

그때 백 명이나 되는 금룡문의 제자들을 지켜야 하는 임무만 아니었다면 사태는 조금 달라졌을 거라는 것이 석승의 생각이었다.

"야천왕의 말이 맞아. 적의 숫자가 너무 많다."

"하지만 적들이 매복을 눈치채고 화공으로 선수라도 친다면……."

북망동이 화염에 휩싸이는 걸 본 석승은 조심스러웠다.

불길이 죽림 전체로 번지면 그땐 정말 걷잡을 수 없게 되리라는 걸 알기 때문이었다.

더구나 저들에겐 아직 화기가 충분히 남아 있을 것이다.

"당연히 매복을 눈치챌 것이다. 하지만 절대 화공을 펼치지는 못할 것이다."

"예?"

第五章
군림의 길

天山刀客

죽림을 앞에 두고 삼천의 철갑기마대가 멈추었다.

"방풍림(防風林)입니다. 송대에 이곳의 관리가 바닷바람을 막기 위해 조성한 것이 시초지요."

지옥혈마가 흑룡부군에게 보고를 했다.

"넓이가 어느 정도 되지?"

"장장 십만 평에 달하는 숲이 남에서 북으로 길게 뻗어 있지요."

"어떻게 생각하시오?"

흑룡부군이 이번엔 궁마왕에게 물었다.

하지만 궁마왕은 대답 대신 지옥혈마에게 몇 가지를 더 물었다.

"죽림의 가장자리는 어디와 연결되는가?"

"북쪽은 시내에서 끊어지고 남쪽은 소촉도(小蜀道)라는 고개와 연결됩니다."

"소촉도? 사천의 촉도에서 따온 것인가?"

"그렇습니다. 험준하기가 촉도를 축소한 것 같다 하여 붙여진 이름이죠."

"촉도를 넘어서면 어디가 나오지?"

"항주를 가로질러 주산군도(舟山群島)로 향하는 관도가 나옵니다."

"주산군도?"

"동해에 떠 있는 많은 섬들을 일컬어 주산군도라 부르죠."

"다른 길은 없는가?"

"험하긴 해도 촉도를 넘는 것이 어쨌든 항주를 벗어나는 지름길입니다."

궁마왕은 무슨 생각을 하는지 한동안 상념에 잠겼다.

그의 상념을 깨운 사람은 흑룡부군이었다.

"무슨 일이시오?"

"어쩌면 저들의 행선지를 알 것도 같습니다."

"그곳이 어디오?"

"바다입니다."

"바다?"

"지금 중원 전역을 통틀어 우리의 힘이 미치지 않는 곳은 바다밖에 없지요. 바다 위라면 추적이 불가능합니다."

“만약 그 말이 사실이라면 저들이 바다로 나가기 전에 잡아야 하겠구려.”

“그전에 해결해야 할 일이 있습니다.”

“그게 무엇이오?”

“저곳입니다.”

궁마왕이 손가락으로 드넓게 펼쳐진 죽림을 가리켰다.

바람이 거세지면서 쉴 새 없이 흔들리는 죽림은 하나의 거대한 생명체 같았다.

한창 녹음이 우거질 때라 안쪽은 초저녁처럼 어두웠다.

나이나 교에서의 위치나 흑룡부군이 윗줄이었지만 사실상 전술적인 판단은 궁마왕이 하고 있었다.

장산벽은 새삼 궁마왕의 치밀한 두뇌와 통찰력에 감복했다.

“저라면 이곳에 매복을 해두었을 것입니다.”

“도주하기 바쁜 자들이 그것을 염두에 두었을까? 더구나 사지가 될 것을 뻔히 알면서?”

“반드시 매복을 해야 할 이유가 있습니다. 현재 북망동에서 탈출한 사람들은 수백 명입니다. 그들 모두가 촉도를 넘으려면 한 시진은 걸릴 것입니다. 하지만 우리가 이곳을 발견한 것은 일다경도 채 되지 않습니다. 누군가는 반드시 시간을 벌어줘야 하는 입장이지요.”

“그렇다면 우선 죽림을 제거해야겠군. 이번에도 화공이 어떻겠소이까?”

화공으로 재미를 본 흑룡부군이 말했다.

“불가합니다.”

“어찌하여!”

자신의 말이 거듭 막히자 흑룡부군은 약간 짜증을 냈다.

사실 그는 무공이라면 모를까, 머리를 쓰는 것에서는 궁마왕에 미치질 못했다.

“화공을 쓰면 피 한 방울 흘리지 않고 적을 섬멸할 수는 있겠지요. 하지만 죽림이 모두 탈 때까지는 우리도 진군을 하지 못할 겁니다. 그렇게 되면 적들은 이미 유유히 사라진 후겠죠.”

구구절절 궁마왕의 말이 옳았다.

흑룡부군은 잠시 갈등을 했지만 별다른 뾰족한 수가 떠오르질 않았다.

“허락하신다면 제가 가병(家兵)들을 이끌고 길을 열겠습니다.”

궁마왕이 공손한 어조로 말했다.

흑룡부군은 그가 가병이라고 말한 것에 주목했다.

궁마왕은 십종대가주의 강력한 신임을 얻고 있는 제오마가의 가주다.

그가 앞장을 서겠다는 것은 사실상 전투의 주도권을 쥐겠다는 것이다.

그와 경쟁 관계에 있는 제삼마가의 가주로서 흑룡부군은 그렇게 되는 것이 마뜩치 않았다.

어디까지나 지금 이 자리에서 가장 연장자는 자신이었다.

당연히 마지막 결정은 자신이 내려야 했다.

또한 자신과 자신의 가문이 얼마나 강한지를 궁마왕이 보는 앞에서 증명하고 싶었다.

"나보다 사흘이나 앞서 도착해 이미 한차례 전투를 치렀는데 또다시 노고를 겪게 할 수는 없지요. 내가 가병들을 이끌고 선봉을 맡겠소이다."

"노고랄 게 있겠습니까? 외려 어려운 걸음을 하게 해서 죄송할 뿐이외다. 기회를 주시면 이번에 그 죄를 씻고자 합니다."

'늙은 여우 같으니라고.'

흑룡부군은 궁마왕의 속셈을 훤히 알고 있었다.

그만한 권세로도 모자라 더 큰 공을 세우려는 것이다.

이미 적들이 독 안에 든 쥐니 기실 이건 공이랄 것도 없었다.

하지만 성공을 한다면 궁마왕과 제오마가의 명성이 드높아져 입지가 더욱 탄탄해질 것이 틀림없었다.

거사를 성공하고 나면 논공행상의 시간이 오지 않겠는가.

결국 잃을 것은 없고 얻을 것만 있는 싸움.

흑룡부군은 즉시 자신의 뒤에 대기하고 있는 열 명의 말 탄 부장에게 명했다.

"지금 즉시 수하들을 이끌고 죽림을 관통한다. 적의 매복에 대비하기 위해 선발대로 하여금 십 장의 폭으로 대나무를 자르도록 하라."

“복명!”

강철 갑옷으로 무장한 열 명의 부장이 동시에 우렁차게 대답했다.

잠시 후, 무려 일천에 달하는 대병력이 죽림을 관통하면서 길을 열기 시작했다.

궁마왕이 이끄는 제오마가의 가병들과 장산벽이 이끄는 멸천대가 뒤를 따랐다.

“무엇 때문입니까?”

장산벽이 궁마왕과 말을 나란히 몰면서 작은 소리로 물었다.

“뭐가 말이냐?”

“가주께선 한 가지 위험을 흑룡부군께 알려주지 않으셨습니다.”

궁마왕은 슬며시 고개를 들어 장산벽을 바라보았다.

“알고 있었더냐?”

“이유를 알고 싶습니다.”

“대가주의 뒤를 이을 재목이라면 지금쯤 그 이유를 알았어야 했다.”

“……!”

“이 전쟁은 사실상 끝이 났다. 천하는 이미 우리 것이지. 전쟁이 끝난 다음에 해야 할 일이 무엇이더냐?”

“가르침을 주십시오.”

“명심하거라. 전쟁이 끝난 후에 제왕이 할 일은 공신들을 위한 논공행상이 아니라 전쟁을 치르는 동안 힘이 커진 정적들을 숙청하는 것이다.”

“하면 흑룡부군께서 정적이라는 말씀이십니까?”

“그의 가문은 이미 비대해질 대로 비대해졌다. 삭초제근(削草除根), 기회가 닿았을 때 밟아놓는 것이 좋겠지. 다만 지금의 경우엔 너의 불찰로 인해 그 시기가 조금 앞당겨졌다는 것을 알아야 할 것이다.”

“저의 실수라 함은……?”

“흑룡부군은 바보가 아니다. 네가 그의 제자를 사지로 몰아넣은 것을 그가 모를 줄 알았더냐.”

“……!”

장산벽은 이번에야말로 말할 수 없는 충격을 느꼈다.

흑룡부군이 그 사실을 눈치채고 있어서가 아니었다.

그가 용악산에게 보내 사실상 죽도록 만든 설산구룡 중에는 궁마왕의 혈육도 있었다.

하면 궁마왕이 지금 그 사실을 말해준다는 것은 함구하겠다는 뜻일까?

‘양자… 그래, 그 녀석은 양자였어.’

궁마왕의 아들은 양자였다.

무서운 사람이다.

아무리 양자라고 해도 엄연한 자식이거늘, 권력을 위해 기꺼이 양자를 제물로 바치다니.

마도란 이런 것인가.

새삼 소름이 돋았다.

그 순간 앞쪽에서부터 소란이 일어났다.

매복을 하고 있던 적들의 반격이 시작된 것이었다.

펑! 펑! 펑!

궁마왕이 언급하지 않은 위험은 적들이 되레 화공을 펼칠 수도 있다는 점이었다.

이쪽에서 화공을 펼치면 적들을 섬멸할 수 있는 반면 시간이 걸린다는 단점이 있었다.

이 단점은 적들에겐 당연히 장점으로 적용될 것이다.

궁마왕이 사실상 모든 답을 말해준 것이나 다름없는데 질투에 눈이 먼 흑룡부군은 그만 그것을 간과한 것이다.

더욱 거세진 바람에 불길은 들불처럼 번졌다.

곳곳에서 불길이 치솟고 불탄 대나무가 터지면서 수천 발의 화포를 일시에 쏘는 것 같았다.

그 소리가 어찌나 컸던지 귀가 멍멍할 정도였다.

놀란 말들이 날뛰는 것은 당연했다.

불길은 사방팔방으로 번지며 순식간에 수천의 철갑기마대를 향해 엄습해 왔다.

철갑기마대로서는 우왕좌왕하지 않을 수 없었다.

미친 듯이 질주하는 말들이 생겨났다.

하지만 빽빽한 대나무에 갇혀 울부짖기 일쑤였다.

철갑기마대는 그런 말들을 끌어내려고 안간힘을 썼지만 소용없었다.

쉬지 않고 터지는 폭발 소리도 문제였지만 자신들을 향해 무서운 속도로 엄습해 오는 화마가 더욱 큰 공포였다.

"이대로는 위험합니다."

우왕좌왕하는 병력들 틈에서 장산벽이 궁마왕에게 물었다.

"당황하지 마라. 흑룡부군 스스로가 후퇴 명령을 내리지 않는 한 절대 후퇴해선 안 된다."

"하지만!"

"장차 신교의 맥을 이을 네가 두려워 도주하는 모습을 보여서야 되겠느냐!"

실상 모든 상황은 후퇴를 강요하고 있었다.

궁마왕과 장산벽이 병력을 이끌고 뒤를 따라가는 척한 것도 이쯤에서 물러나기 위해서가 아니었는가.

하지만 궁마왕은 섣불리 후퇴를 하지 말란다.

흑룡부군의 퇴로를 막겠다는 심산이었다.

그렇게 되면 죽림으로 가장 깊숙이 들어간 흑룡부군과 그의 가병들이 가장 큰 타격을 입게 될 것이다.

단 한 번의 실수가 제삼마가의 전력을 절반으로 줄여 버리는 것이다.

운이 좋으면 이참에 흑룡부군까지도 제거할 수 있었다.

한데 흑룡부군의 결정은 두 사람의 예상을 벗어났다.

"전군 돌진하라!"

우렁찬 사자후가 죽림을 쩌렁쩌렁 울렸다.

수천, 수만 발의 화포 소리조차 그의 사자후에 묻힐 정도였다.

강골 중의 강골인 흑룡부군다운 선택이었다.

명장 밑에 약졸 없는 법.

제삼마가의 철갑기마대가 천지를 진동시키며 사방에 가득한 연기 속으로 돌진했다.

"도무지 무서움을 모르는 늙은이군. 그런 집착이 결국 화를 부른 것이다."

궁마왕의 서늘한 말을 했다.

그는 다시 장산벽을 보며 말했다.

"너는 수하들을 이끌고 용악산을 찾아라. 북망동에 심어둔 간자에 따르면, 놈이 천마군림도를 지녔다고 한다."

"그럴… 리가!"

"정신 차려라! 이장도가 왜 그를 찾아왔는지 모르겠느냐. 이장도는 놈을 앞세워 우리의 정통성을 훼손하려고 한다. 대종사의 후인이 존재한다는 사실은 어떻게든 무마할 수 있지만 그가 천마군림도를 지녔다면 달라진다. 반드시 놈을 찾아 천마군림도를 빼앗아야 한다. 반드시!"

"가주께서는 어쩌실 생각입니까?"

"흑룡부군의 숨통을 끊어놓아야겠다."

장산벽이 미처 말릴 사이도 없이 궁마왕은 말에서 훌쩍 뛰어내리더니 빠르게 숲으로 사라졌다.

＊　　　＊　　　＊

풍천(風川)이라는 지명은 유독 바람이 많은 것에서 유래됐
다.

절강의 남쪽, 동해와 접한 이곳에서 바람을 타면 한나절이
채 이르지 않아 육지를 볼 수 없을 만큼 먼바다로 갈 수 있다는
곳이었다.

이런 조건에도 불구하고 항구 도시로 성장하지 못한 것은
큰 배를 정박할 마땅한 장소가 없기 때문이었다.

해안을 따라 이어진 깎아지른 듯한 절벽과 심한 조수 간만
의 차는 풍천을 오랫동안 작은 포구로만 존재케 했다.

상주하는 사람들이라고 해봐야 고기를 잡아 연명하는 어부
들 몇 명이 고작인 이곳에 새벽을 틈타 때 아닌 수백 명의 사람
들이 몰려들었다.

하나같이 건장한 체격에 도검을 든 무림인들이었다.

"주민들을 한곳에 모아놓고 감시를 펼치고 있습니다."

건장한 체격의 사내가 땅딸막한 노인에게 다가와 보고를 했
다.

"간자로 보이는 자는?"

"깨끗합니다. 모두 오래전부터 이곳에 살던 사람들뿐입니
다."

"주변의 동태는?"

"아이들을 풀어서 일대를 살폈지만, 역시 깨끗합니다."

"수고했다."

땅딸막한 노인은 야천왕이었다.

그는 이틀 전에 믿을 만한 북망동의 고수 하나를 이곳에 보내 주변을 정탐하게 했다.

혹시라도 있을지 모르는 적의 동태를 살피기 위해서였다.

다행히 적의 낌새는 보이질 않았다.

돌아보니 수백 명의 사람들이 곳곳에 주저앉아 초조한 기색을 보이고 있었다.

하나같이 지치고 피곤한 모습이었다.

밤새도록 쉬지 않고 달려왔으니 피곤할 만도 했다.

야천왕을 중심으로 사람들이 모였다.

이장도, 기련검, 독행천괴, 서문홍주, 그리고 금룡문의 제자들이었다.

그들 역시 피곤한 기색이 역력했다.

여기까지 도주하는 동안 모두 아홉 차례의 전투가 있었다.

그나마 적의 본진이 아닌 선발대여서 전면전으로 번지지는 않았다.

북망동의 고수 일백과 용악산이 두 차례에 걸쳐 본진의 발목을 묶어준 덕분이었다.

산발적인 전투에서는 이장도와 기련검 등의 공이 컸다.

그들은 야천왕이 내어준 서른 명의 결사대를 이끌고 줄곧 행렬의 가장 뒷줄에 붙어 따라왔다.

그리고 매번 엄청난 무공으로 적의 선발대를 격퇴했다.

저들이 없었다면 여기 있는 사람들 대부분은 선발대와 얽혀 전투를 치르느라 시간이 많이 지체되었을 것이다.

그사이 적의 본진이 도착했을 테고 그랬다면 지금 이 자리에 있을 수도 없을 터였다.

무엇보다 이장도 등이 방패막이가 되어주었던 탓에 부상자를 극도로 줄일 수 있었다.

"곧 동이 틀 것 같습니다만……."

독행천괴가 야천왕의 눈치를 살피며 조심스럽게 말을 걸었다.

무엇을 어떻게 할 것인지 이제는 말해 달라는 뜻이었다.

하지만 야천왕은 여전히 묵묵부답이었다.

그는 조용히 눈을 감고 바람을 느꼈다.

아침이 되자 바람이 갑자기 잦아들었다.

대신 바다 내음은 더욱 짙어졌다.

먼바다의 냄새였다.

그는 눈을 뜨고 먼바다를 살폈다.

짙은 안개로 인해 가시거리는 삼백 장이 채 되질 않았다.

지금 이곳엔 미세한 빛만 있어도 백 리 밖을 살필 수 있는 고수들이 강가의 돌멩이처럼 많았지만 안개를 뚫고 내다볼 수 있는 사람은 없었다.

그건 인간의 능력 밖이다.

"뭐라도 말을 좀 해보시오."

참다못한 독행천괴가 또다시 다그쳤다.

"기다리시오."

"밑도 끝도 없이 기다리라니, 이제 곧 적들이 들이닥칠 텐데 마냥 여기서 죽치고 있으면 어쩌자는 거요?"

"때가 되면 알게 될 거요."

"설마 막다른 곳으로 데려와 필사의 의지로 싸우다가 다 같이 죽자는 건 아니겠지요?"

"……."

"거참, 그 양반도. 고집이 어지간하네."

야천왕이 굳게 다문 입술을 벌리지 않자 독행천괴는 푸념을 하며 돌아섰다.

이장도는 말없이 야천왕의 곁에 와서 섰다.

그는 야천왕처럼 한동안 먼바다를 응시하다가 걱정스러운 듯 말했다.

"안개가 심상치 않군요."

"폭풍을 부르는 안개입니다. 오늘 밤이면 바람이 불고 큰 파도가 칠 겁니다."

"천시가 좋지 않군요."

"선택의 여지가 없었습니다. 적들이 폭풍을 기다려 화공을 펼쳤으니까요."

"알고 있습니다."

그때 저만치에서 말 탄 무인 십여 명이 황급히 달려왔다.

야천왕의 명을 받고 후방을 살피러 갔던 정찰대였다.

몇 사람이 달려가 말고삐를 잡고 진정시키는 사이 정찰대는 놀라운 신법으로 말 잔등에서 훌쩍 뛰어내렸다.

그들은 숨을 돌릴 틈도 없이 야천왕의 앞에 달려와 부복을 했다.

일련의 행동에서 무척 다급한 기색이 보였다.

"적의 본진이 십 리 밖까지 도착했습니다."

"예상보다 반 시진이나 빠르군."

"거기에 행군 속도를 최대한으로 높이고 있습니다. 이곳에서 십 리 밖까지는 모두 평지라 일다경 정도면 도착할 것입니다."

"음……."

보고를 받은 야천왕의 표정이 딱딱하게 굳어졌다.

이곳에 모여 있는 사람들은 모두 정찰대의 보고를 들었다.

사람들이 웅성거리면서 저마다 서로의 눈치를 보았다.

어떤 이들은 도검을 고쳐 잡았고, 어떤 자들은 해안가에 숨을 만한 곳이 있는지 살피기도 했다.

야천왕은 다시 한 번 먼 바다를 살폈다.

안개는 여전히 걷힐 기미가 보이질 않았다.

"상황이 어렵게 됐군요."

"아직 일다경 정도가 남았으니 좀 더 기다려 보지요."

노강호들이 그런 말을 나누고 있는 사이 공춘보는 후방을 정찰하러 갔던 정찰대를 찾았다.

"혹시 뭔 애기 듣지 못했소?"

"무얼 말이오?"

"그러니까 죽림에서 전투가 벌어진 것에 대해… 누가 죽었다든가. 뭐, 그런 거."

"지척에서 적들의 얘기를 엿들은 것이 아니라 멀리서 지켜보기만 했소. 그러니 무얼 듣고 말고 할 것도 없소."

"하면 포로로 잡힌 사람들이 있었다거나… 뭐, 그런 건……?"

"적은 삼천에 이르는 병력이오. 그런 대병력이 중무장을 한 채 말을 타고 달려오면 어떨 것 같소?"

"뭔 말씀이신지?"

"사방 가득히 먼지를 뽀얗게 일으키며 온다, 이 말이오. 한데 포로가 있는지 없는지 어떻게 식별하겠소?"

정찰대는 그 말을 끝으로 저만치 가버렸다.

"저 색퀴가 그냥 콱!"

공춘보가 뒤늦게 주먹을 쥐고 흔들어보지만 소용없었다.

"에잇, 젠장. 어떻게 됐는지 궁금해 죽겠네."

혼잣말을 하며 슬그머니 돌아서니 저만치에서 하풍달과 은서령이 자신을 지켜보고 있다가 서둘러 고개를 돌리는 것이 보였다.

겉으로 내색은 하지 않지만 두 사람 역시 용악산과 채홍만의 소식이 궁금한 것이다.

일다경이라는 시간은 순식간에 지나갔다.

진군을 알리는 뿔 나팔 소리가 울리는가 싶더니, 저만치 들판의 끝에서부터 먼지가 구름처럼 피어올랐다.

무려 삼천에 이르는 철갑기마대가 지축을 울리며 달려오고 있는 것이다.

앞에는 적, 뒤에는 바다.

사람들은 모두 마른침을 삼키며 먼지 구름과 야천왕을 번갈아 바라보았다.

여기까지 자신들을 끌고 온 사람은 야천왕이었다.

무조건 믿고 따라오라는 말에 치밀어 오르는 궁금증을 참고 따라왔다.

이제 그가 무언가 대책을 내놔야 할 것이 아닌가.

하지만 야천왕이라고 해서 딱히 뾰족한 수가 있는 것은 아니었다.

그는 여전히 굳은 얼굴로 바다 쪽을 하염없이 바라만 보고 있었다.

"아무래도 한바탕 격전을 피하지 못할 것 같습니다."

이장도가 조심스럽게 말을 했지만 야천왕은 여전히 묵묵부답이었다.

지금 이 순간 누구보다도 답답한 사람은 야천왕 자신이었다.

이장도는 다시 서문홍주와 은서령에게 말했다.

"자네들이 수고를 해주어야겠구먼. 속히 문도들로 하여금 진을 펼치도록 하게. 기련검 대협과 내가 북망동의 고수들을 이끌고 첫 번째 방어막을 칠 테니, 환희방과 금룡문은 부상자를 에워싸고 후미를 맡아주게."

"북망동을 빠져나오면서 가지고 온 것이라곤 기동성을 위해 도검 한 자루씩이 전부예요. 저들은 백병전을 벌이기 전에 먼저 궁전을 시작할 텐데, 그렇게 되면……."

서문홍주는 다음 말을 잇지 못했다.

누구나 알고 있는 지금의 상황을 중언부언 언급해 봐야 답이 없다는 걸 알기 때문이었다.

"죄송합니다. 제가 그만 쓸데없는 말로 심기를 불편하게 해 드렸군요."

"아닐세. 오히려 무림의 선배로서 자네들 보기가 부끄럽군."

수백 명의 사람들이 발 빠르게 움직여 진을 만들기 시작했다.

딱히 진이라고 이름 붙일 것도 없었다.

뒤쪽이 절벽이었기 때문에 그것을 중심으로 반원을 그리며 이중의 인간 장벽을 만든 게 전부였다.

엄폐물도 없고 그 흔한 목간(木干)조차 없었다.

오로지 가장 바깥을 막고 있는 이장도와 기련검, 그리고 북망동의 고수들이 화살을 최대한 막아주기만을 바랄 뿐이었다.

그러는 사이 전방의 먼지 구름은 점점 커졌다.

이윽고 저들의 진군이 멈추면서 먼지 구름이 서서히 걷혔다.

그러자 번쩍번쩍 빛나는 철갑을 두른 철갑기마대가 나타

났다.

너른 들판에서 사방을 에워싸고 있는 저들의 위용은 북망동에서 볼 때와 또 달랐다.

마치 거대한 철벽을 보는 듯한 느낌.

지형 역시 적들에게 유리하게 작용했다.

모든 것이 불리한 상황.

강궁을 든 궁마왕이 말을 몰아 앞으로 나왔다.

그가 소리쳤다.

"북검성, 이제 그만 포기하는 것이 어떻겠습니까?"

"원하는 것이 무엇이오?"

"금룡문의 제자들을 모두 내어주십시오."

"왜 그토록 금룡문의 제자들에게 집착을 하는 것이오?"

"신교의 행보에 유일하게 반기를 든 자들이니 천하에 본보기를 보여야 하지 않겠소이까?"

"하하, 당신도 소문을 들은 모양이구려."

"……?"

"천하가 무릎을 꿇었는데 유독 항주의 한 문파만은 반기를 들고 저항했다… 하더군요. 금룡문이 상징하는 바가 크니 나는 그들을 지켜주고 싶소만."

"상징하는 바라… 과연 그럴까요?"

이장도의 말에 사내 하나가 말을 타고 그의 곁으로 다가왔다.

장산벽이었다.

이장도의 눈은 장산벽의 허리에 달린 도갑에 꽂혔다.

천마군림도… 용악산에게 있어야 할 천마군림도가 장산벽에게 있었다.

천마군림도는 대종사의 유품.

용악산은 목숨을 내어주는 한이 있어도 천마군림도를 빼앗기진 않을 것이다.

도대체 어떻게 된 것일까.

천마군림도를 알아본 사람들의 표정이 하얗게 질렸다.

특히 은서령를 비롯한 금룡문 제자들의 충격이 컸다.

이장도는 용악산의 생사가 궁금했지만 물을 수는 없었다.

만에 하나 장산벽의 입에서 불길한 말이라도 나온다면 아군의 사기는 땅에 떨어질 것이다.

"이제 그만 포기하는 것이 어떻습니까?"

궁마왕이 물었다.

"포기? 무엇을 말이오?"

"작은 문파 하나를 지키려다 모두가 죽을 것입니다."

"하하, 어차피 처음부터 그럴 생각이 아니었소?"

"왜 그렇게 생각하는 겁니까?"

"지금의 상황이 그렇지 않소? 당신들이 칼자루를 쥐고 있다고 생각할 테니 굳이 타협을 할 이유도 없겠지. 당신은 나를 너무 만만히 보는군."

"하하하, 그것도 그렇군요. 그럼 어디 끝까지 한번 가볼까요?"

"쉽지는 않을 거요!"
"그건 두고 보면 알 터!"
궁마왕이 왼손을 높이 치켜들었다.
그러자 어디선가 고수(鼓手)의 웅장한 북소리가 들려왔다.
전투에서 대병력을 섬세하게 지휘하기에는 뿔 나팔보다 북이 낫다.
빠른 장단으로 여러 가지 명령을 내릴 수 있기 때문이다.
또한 북소리는 심장의 고동과 공명하여 사람을 자극한다.
선두의 철갑기마대가 뒤로 빠지더니 예상했던 대로 강궁을 든 기마대 오백이 앞으로 나왔다.
궁마왕이 직접 조련한 가병들이었다.
"착시!"
처처처처척!
오백의 궁수가 화살을 걸고 시위를 당겼다.
팽팽하게 당겨진 시위처럼 환희방, 금룡문, 북망동 사람들의 얼굴에도 긴장감이 흘렀다.
"발시!"
쏴아아아아아!

第六章
바다의 신

天山刀客

수십 발의 화살과 수백 발의 화살을 쏠 때는 소리가 다르다.

전자는 빗방울 소리가 나지만 후자는 파도 소리가 난다.

허공을 가득 메운 수백 발의 화살이 일제히 파도 소리를 내며 날아들었다.

따다다다당!

여기저기서 도검으로 화살을 튕겨내는 소리가 들렸다.

평범한 화살이 아니다. 모두 철전이다.

하지만 그 소리는 이어지는 비명에 묻혔다.

"으아악!"

"커허헉!"

"아아악!"

곳곳에서 화살에 신체의 일부를 꿰뚫린 사람들이 비명을 지르며 쓰러졌다.

무공의 고하가 극명하게 드러나는 순간이었다.

피해는 금룡문의 이대제자들에게도 닥쳤다.

아무래도 그들이 가장 약했으니까.

은서령의 얼굴이 사색이 되었다.

아비가 죽고, 대사형을 잃고, 믿었던 표자룡마저 산송장이 된 지금, 의지할 곳이 없었다.

화살은 한 번으로 끝나지 않았다.

하늘엔 화살이 계속해서 머물렀다.

궁병들이 놀랍도록 빠른 속도로 연사를 했기 때문이다.

이대로 기다렸다가는 제대로 붙어보지도 못하고 전멸을 면치 못할 상황.

이장도가 돌연 말에 올라타더니 적진을 향해 돌풍처럼 달려갔다.

"궁마왕! 그대가 무인이라면 당당하게 나와 내 검을 받으시오!"

궁마왕도 피하지 않았다.

그는 처음부터 있던 그 자리에서 강궁의 시위를 당겼다.

파앙!

폭발음과 함께 웅혼한 공력이 실린 강전(鋼箭) 하나가 이장도를 향해 날아왔다.

가공할 속도, 귀청을 찢는 파공성!

거리는 불과 백 장을 넘지 않았다.

그렇기에 천하의 누구라도 이 거리에서 궁마왕의 화살을 피할 수는 없었다.

그건 가까이 다가갈수록 더욱 그렇다.

그런데,

따앙!

이장도의 검이 궁마왕의 강전을 떨쳐 냈다.

귀청을 찢는 충돌음이 들판에 울려 퍼졌다.

하지만 진짜는 따로 있었다.

궁마왕은 이장도 같은 고수를 화살 한 방에 죽일 수 있을 거라고는 생각하지 않았다.

첫 번째 화살을 쏜 후, 궁마왕은 찰나의 틈을 쉬지 않고 곧바로 강전 한 대를 더 쏘았다.

운중룡(雲中龍)!

구름 속에 숨은 용이라는 이 화살은 궁마왕의 절기였다.

첫 번째 화살의 꼬리에 두 번째 화살을 숨겨 쏘는 최고의 경지.

첫 번째 화살을 튕겨내는 동작으로 인해 이장도의 검은 이미 바깥으로 향한 상태.

이번에야말로 신이라도 피할 수 없는 상황.

그 순간, 이장도의 신형이 호롱불처럼 꺼져 버렸다.

수천 명이 보는 앞에서 감쪽같이 사라진 것이다.

궁마왕은 당황하지 않았다.

그는 갑자기 말 잔등에서 허공으로 십여 장이나 솟구치더니 허공을 향해 또 한 대의 화살을 쏘았다.

이번엔 시위를 모두 당기지 못한 상태였다.

그만큼 다급했다는 의미.

퍽!

둔탁한 소리와 함께 허공의 한 점에서 피가 솟구쳤다.

그와 동시에 궁마왕의 왼쪽 어깨에도 검 한 자루가 박혔다.

어느새 어깨너머의 전통(箭桶)에서 철전 하나를 뽑아 든 궁마왕은 허공을 향해 휘둘렀다.

전검술(箭劍術).

화살을 검처럼 쓰는 공부였다.

전검술도 궁마왕이 펼치면 다르다.

단숨에 고절한 무학이 되는 것이다.

따다다다당.

빠르게 이어지는 금속음.

십여 장 높이에서 떨어지는 와중에도 이장도와 궁마왕은 십여 초식을 교환했다.

마침내 땅에 착지를 한 두 사람은 본능적으로 거리를 유지하며 물러났다.

이장도는 옆구리에 화살을 관통한 채였으며, 궁마왕 역시 이장도의 검에 왼쪽 어깨를 관통당한 상태였다.

명성과 무학을 비교해 볼 때 궁마왕이 우세를 보였다고도 할 수 있었지만 상대적으로 불리했던 이장도의 상태를 고려하면 전혀 그렇지 않았다.

근접전이라면 모를까, 원거리에서의 싸움은 누가 뭐래도 궁마왕이 천하제일이다.

북천마제도, 천공성주도 빛처럼 빠른 궁마왕의 강전을 피해 백 장이나 되는 거리를 단숨에 좁힐 수는 없었다.

그렇기에 사람들은 이장도의 무공에 탄복을 금치 못했다.

"궁술에 관한 한 천하에 적수가 없을 거라더니, 과연!"

"북검성의 검이 천하제일이라는 말이 허언이 아니었군요."

두 사람은 진심으로 서로의 무공에 탄복했다.

하지만 이러고 있을 시간이 없었다.

이장도로선 어떻게든 궁수들을 하나라도 더 죽여 백병전을 유도해야 했고, 궁마왕으로선 어떻게든 이장도를 막아 궁전을 유지해야 했다.

그런 이장도의 생각을 눈치챈 기련검이 북망동의 고수들을 이끌고 달려나왔다.

"저놈들은 내가 맡겠소."

이장도가 궁마왕을 막는 동안 궁수들을 처치하겠다는 뜻이었다.

하지만 상황은 기련검의 뜻대로 흘러가지 않았다.

장산벽이 멸천대를 이끌고 기련검과 북망동의 고수들을 막아섰기 때문이다.

"네놈이 십종지룡이렸다!"

"기련산에 몹쓸 늙은이가 하나 살고 있다더니, 노선배였

구려."

"무례한 놈!

기련검이 노성을 터뜨리며 장산벽을 향해 달려갔다.

"그렇지 않아도 기련산을 한번 찾아가려고 했습니다."

꽝! 꽝!

두 사람의 격돌은 앞서 이장도와 궁마왕이 보여준 신위에 뒤지지 않았다.

사람들은 기련검 같은 고수를 상대로 장산벽이 대등한 싸움을 벌이는 것에 경악을 금치 못했다.

그사이 멸천대와 북망동의 고수들은 백병전으로 돌입하고 있었다.

백여 장의 거리를 두고 한쪽에서 일방적으로 화살 비를 쏟아붓는 사이 한가운데서는 이처럼 엄청난 고수들 간의 무서운 싸움이 벌어지고 있었던 것이다.

거기서 두 번째 변화가 일어났다.

"이렇게 마냥 앉아서 죽을 수는 없지. 우리도 돌격합시다!"

용감하게 외친 사람은 하풍달이었다.

가장 먼저 환희방의 무인들이 하풍달의 말에 호응하면서 저마다 벌 떼처럼 일어날 기세였다.

뒤를 이어 환희방의 무인들도 한번 해보자는 식이었다.

"아니에요. 그건 저들의 원하는 바예요."

그 와중에 서문홍주가 다급하게 외쳤다.

"무슨 말입니까?"

“일단 전면전이 벌어지면 적아가 뒤섞여 몸을 빼낼 수가 없어요. 그건 말을 탄 적들에게 훨씬 유리해요.”

“그럼 이대로 앉아서 날아오는 화살에 꼬치구이가 되자는 말입니까?”

“기다려 봐요. 조금만, 조금만 더.”

“도대체 아까부터 무얼 기다리라는 겁니까?”

두 사람이 대화를 나누는 와중에도 여기저기서 죽어나가는 사람들이 생겼다.

대부분이 부상 때문에 제대로 도검을 휘두를 수 없는 사람들이었다.

그때,

꽝! 꽝! 꽝! 꽝! 꽝!

어디선가 들리는 다섯 발의 포성.

뒤이어 이어지는 폭발음.

콰앙! 콰앙! 콰앙! 콰앙! 콰앙!

정확히 다섯 번의 폭발음이었다.

포탄이 터진 곳은 아군이 있는 곳을 지나 철갑기마대의 진영이었다.

다섯 번의 폭발로 땅거죽이 뒤집히고 수십 필의 말들이 쓰러졌다.

포탄은 그 후로도 세 번이나 더 날아들었다.

마른하늘에서 떨어진 날벼락으로 철갑기마대의 진영엔 일대 혼란이 벌어졌다.

놀란 말들이 날뛰면서 아군들을 덮쳤고 중무장을 한 기마병
들이 땅으로 떨어졌다.

아수라장이 따로 없었다.

사람들은 적아를 막론하고 포탄이 날아온 방향으로 일제히
고개를 돌렸다.

"배, 배다!"

"배가 왔다!"

"우리를 태우고 갈 배가 왔다!"

사람들이 함성을 질렀고 그제야 야천왕의 얼굴에 화색이 돌
았다.

바다 한가운데 가득한 안개를 뚫고 나타나는 다섯 척의 검
은 범선.

수룡이 그려진 검은 깃발에 검은 돛을 단 배는 전체가 온통
새까맸다.

그중의 한 척. 가장 선두에서 달려오는 뱃머리에는 은발의
노인이 수염을 흩날리며 서 있었다.

가히 일대 종사의 풍모가 느껴졌다.

"저 사람은 누구죠?"

은서령이 물었다.

"해백(海伯)."

서문홍주가 대답했다.

"해백이라면……?"

"바다의 제왕이자 해왕문의 문주죠. 곡삼랑의 공하증을 고

쳐 준 사람도 실은 저분이에요.”

이거였다.

야천왕이 끝까지 숨기고 있었던 것.

해왕문의 배를 타고 바다로 나가기만 하면 철갑기마대는 절대 따라올 수가 없다.

말을 타고 평원을 질주하던 그들은 절대 바다를 정복할 수 없을 테니까.

그런데 은서령의 눈에 해백의 모습이 낯설지가 않았다.

범선이 점이 다가오자 해백의 얼굴이 더욱 선명하게 보였다.

“앗!”

“뜨아!”

“허억!”

은서령과 공춘보, 하풍달이 동시에 단말마를 토해냈다.

해백은 자신들이 너무나 잘 아는 사람이었다.

“천 노야가 해왕문의 문주였다니!”

해백은 은서령이 어려서부터 할아버지처럼 따랐던 다루가의 천 노인이었다.

사실 야천왕이 북망동에서 고립되었을 때 천 노인 해백이 슬쩍 사람을 보냈다.

금룡문의 제자들을 끝까지 지켜준다면 자신 또한 북망동 주민들의 목숨을 보장하겠다고.

저만치에서 천 노인, 아니, 해백이 은서령을 향해 언제나처럼 따뜻한 미소를 보내주었다.

그가 외쳤다.

"무엇들 하느냐! 서쪽 바위 사이에 해안가로 내려가는 소로가 있다. 어서 사람들을 이끌고 오너라!"

은서령은 그제야 정신을 차리고 문도들을 이끌었다.

수백 명의 사람들이 범선에 옮겨 타는 동안 범선에서는 육지를 향해 계속해서 포탄을 쏘아댔다.

범선의 엄호를 받으면서 이장도와 기련검 등은 북망동의 고수들을 이끌고 마지막까지 적들과 사투를 벌였다.

사람들이 모두 안전하게 배에 탈 때까지 시간을 벌려는 것이었다.

그 과정에서 북망동의 고수들 상당수가 죽거나 부상을 당했다.

평지에서 철갑기마대의 위력을 실감하는 순간이었다.

마침내 마지막 한 사람까지 모두 배에 태웠을 때 은서령은 뱃머리에 서서 육지 쪽을 서성거렸다.

해백이 가만히 그녀의 곁으로 다가와 어깨에 손을 얹었다.

"그를 잃을까 봐 두려우냐?"

용악산을 말하는 것이었다.

"천마군림도가 장산벽의 손에 있었어요."

"나도 보았다."

"제 탓이에요. 그때 제가 말리기만 했어도."

"염려 말거라. 녀석은 강한 사내다. 반드시 살아 있을 거야."

"하아, 아무래도 안 되겠어요."

은서령은 갑자기 뱃머리에서 육지를 향해 뛰어내리려고 했다.

그때쯤엔 배가 막 출발을 하던 참이었다.

"서령아!"

해백의 억센 손이 은서령의 어깨를 움켜잡았다.

다루가에서 차를 따라 줄 때와는 차원이 다른 힘이었다.

"노야, 가야 해요."

"너무 늦었다."

"그래도 가야 해요."

은서령의 눈동자에 이슬이 그렁그렁 맺히려는 찰나, 공춘보의 고함 소리가 귀청을 찢었다.

"대사형이다! 대사형이 오고 있다!"

사람들이 웅성거리며 뱃머리로 모여들었다.

과연 포탄이 떨어지는 철갑기마대의 진영 한가운데서 백여 명의 말 탄 무리들이 뿌연 먼지를 일으키며 전속력으로 달려오는 게 보였다.

그 모습이 가히 압도적이었다.

일렬로 늘어서 좌우의 철갑기마대를 닥치는 대로 도륙하며 달려오는 무시무시한 괴물들.

흡사 커다란 용이 물살을 가르며 달려오는 것 같았다.

　가장 선두에서 용의 머리 역할을 하고 있는 사람은 당연히 용악산이었다.
　손에는 천마군림도 대신 커다란 돌격창이 들려 있었다.
　혼전 중에 철갑기마대에게서 빼앗은 것이 틀림없었다.
　길이가 무려 십 척에 이르는 돌격창을 바람처럼 휘두르니 철벽같은 철갑기마대가 추풍낙엽처럼 쓰러지면서 길이 뚫렸다.
　"저, 저럴 수가!"
　"저것 봐! 천하의 철갑기마대도 속수무책이야!"
　"저게 사람이야! 괴물이야!"
　"저들이 저렇게 강했다니!"
　"휴우, 저들이 우리 편이라는 게 차라리 다행이다."
　뱃머리에선 감탄사가 쉴 새 없이 터져 나왔다.
　하지만 문제가 있었다.
　좌우 양쪽에서 궁마왕과 장산벽이 용악산 한 사람을 향해 질풍처럼 달려가고 있었기 때문이다.
　"위험해!"
　불길함을 느낀 은서령이 저도 모르게 외쳤다.
　그 순간 이장도가 신형을 날려 화포가 물려 있는 범선의 왼쪽 난간으로 달려갔다.
　"비켜라!"
　포실에 화약을 다져 넣고 막 불을 붙이려는 사내가 화들짝 놀라 물러섰다.

배에 장착하는 포는 반동으로 인한 충격을 줄이기 위해 포신의 아래를 바닥에 고정시켜 놓는다.

때문에 좌우 상하로 어느 정도는 움직일 수 있지만 완벽하게 일(一)자로 방향을 틀 수는 없었다.

그런데 이장도는 무식하게도 쇳덩어리로 만든 포신을 겨드랑이에 끼우더니 뿌리째 뽑아버렸다.

뿌더더텅텅!

갑판의 단단한 목재가 굉음을 내며 뜯겨져 나왔다.

더욱 놀라운 것은 이장도가 천근의 쇳덩어리로 만든 포신을 번쩍 들어 올려 어깨에 짊어졌다는 것이다.

엄청난 괴력에 사람들은 벌어진 입을 다물지 못했다.

"문주, 도움이 필요하오!"

이장도의 외침에 해백이 즉각 그 말을 알아듣고는 수하로부터 횃불을 빼앗아 심지에 불을 붙였다.

다음엔 포신의 뒤쪽을 잡고 조종했다.

적과의 거리와 바람의 방향을 가늠한 후 말했다.

"충격이 대단할 것이오."

"염려 마시오."

"좋소이다. 천하제일검의 공력이 어느 정도인지 한번 구경해 봅시다."

치이이이.

심지가 모두 타들어간 후,

꽝!

하늘이 무너지는 소리와 함께 포가 터졌다.

이장도와 해백의 손에서 강력한 경력이 폭출한 것도 동시였
다.

포신은 두 사람을 한 걸음 정도 물러나게 한 것이 전부였
다.

맨몸으로 충격을 받아낸 덕분에 포탄은 정확히 직선으로 날
아가 궁마왕이 달려가는 발 앞에 떨어졌다.

궁마왕 정도 되는 고수라면 곡선으로 날아오는 포탄을 충분
히 피한다.

경험 많은 해백은 그것을 알고는 일부러 직선으로 쏜 것이
다.

그만한 위력을 내기 위해 두 사람은 맨몸으로 포신의 충격
을 받아낸 것이다.

콰아앙!

궁마왕이 향하는 앞쪽에서 땅거죽이 뒤집혀지며 흙덩이가
사방으로 튕겨났다.

궁마왕이 탄 말이 그 압력을 견디지 못하고 허공에서 공중
제비를 하며 떨어졌다.

그 와중에도 궁마왕은 신기에 가까운 신법을 펼쳐 그 자리
를 벗어났다.

그는 간발의 차이로 용악산을 놓쳤다.

"아직 한 사람이 남아 있군요."

해백이 말했다.

그의 말처럼 아직 한 사람이 남아 있었다.

왼쪽에서 혼원벽력도를 휘두르며 무서운 속도로 질주하는 장산벽.

뒤쪽에서 해안가를 향해 달려오는 용악산과 그로부터 직각의 왼쪽에서 용악산을 향해 달려가는 장벽산.

두 사람이 곧 부딪치려는 찰나였다.

만약 이 순간 용악산의 질주가 장산벽에 의해 가로막히기라도 한다면 뒤를 따르는 일백의 수하들은 단번에 철갑기마대가 만들어내는 돌격창의 그물에 갇혀 처참한 죽음을 맞게 될 것이다.

지금 이 순간 저렇듯 놀라운 위용을 보이며 철갑기마대를 뚫고 달릴 수 있는 것은 선두에서 길을 열고 있는 용악산 덕분이었다.

결국 용악산 한 사람에게 백여 명의 생사가 달려 있었다.

"나머지는 그의 몫이지요."

이장도가 나지막이 말했다.

은서령은 숨을 쉬는 것도 멈춘 채 점점 다가오는 두 사람의 격돌을 지켜보았다.

그 순간 누군가의 손이 자신의 손을 꼬옥 잡는 것이 느껴졌다.

서문홍주였다.

"염려 말아요. 세상에 그를 죽일 수 있는 사람은 없어요."

"방주님은 저보다 더 그분을 믿는군요."

"당신이 걱정하는 건 저보다 믿음이 덜해서가 아니에요. 그를… 연모하기 때문이죠."

"……!"

그 순간,

꽝!

거대한 종을 울리는 듯한 충돌음.

용악산의 돌격창와 장산벽의 혼원벽력도가 격돌했다.

마도백가의 공력과 십종가의 공력이 충돌했다.

백발마존의 무공과 북천마제의 무공이 충돌했다.

두 사람 모두 한 수에 사활을 건 듯 승패는 단 한 번의 격돌로 끝났다.

장산벽의 혼원벽력도가 반원을 그리며 팅겨져 나가더니 심하게 요동을 친 것이다.

손목을 타고 전해져 오는 암경에 장산벽은 상당한 충격을 느낀 듯했다.

그사이 용악산은 철갑기마대가 만든 방어벽을 완전히 뚫고 범선을 향해 달려왔다.

그의 뒤를 백여 명의 수하들이 따랐지만 장산벽은 더 이상 도발을 하지 않았다.

용악산을 놓치는 대신 그의 수하들은 충분히 잡을 수 있었는데도 말이다.

"그가 왜 가만히 있는 거죠?"

은서령이 서문홍주에게 물었다.

그녀라면 알 것 같아서였다.

"저런 사내들은 목숨보다 중요한 게 하나 있죠."

"뭐죠, 그게?"

"자존심."

"……?"

"그는 용 공자와의 승부에서 이미 졌어요. 그런 그가 용 공자의 수하들을 공격하는 건 자존심에 상처를 입는 일이죠. 하지만 언젠가는 반드시 잃어버린 자존심을 회복하려 할 거예요. 반드시."

하지만 멸천대는 달랐다.

끈질기게 따라붙으며 용악산의 수하들을 공격했다.

어느새 용악산은 해안의 지척까지 다다랐다.

하지만 그때는 이미 범선이 해안을 멀찌감치 벗어나 바다로 향하고 있었다.

해안 절벽 사이로 난 소로를 따라 내려와 범선으로 올라타기엔 이미 늦은 것이다.

그런 데도 불구하고 용악산은 무슨 생각에선지 절벽을 향해 전력 질주를 했다.

"이런! 절벽에서 뛰어내릴 작정이야!"

비명 같은 서문홍주의 한마디가 있은 후 야천왕이 소리쳤다.

"모두 뱃머리에서 물러나라!"

그의 외침과 함께 다섯 척의 뱃머리에서 구경하던 사람들이 일제히 뒤로 물러났다.

말을 타고 전력으로 달리던 용악산은 해안 절벽에 이르러 말과 함께 비상했다.

놀란 말들이 두 눈을 동그랗게 뜨고 허공에서 비명을 지르며 몸을 비틀었다.

그렇게 십여 장을 날아온 용악산은 말의 잔등을 박차며 다시 한 번 날았다.

무려 삼십 장의 간격이다.

그는 그 먼 거리를 비상해 은서령과 서문홍주가 타고 있던 뱃머리에 정확히 떨어져 내렸다.

쿵!

갑판 전체가 울리는 소리와 함께 배가 한차례 흔들렸다.

뒤를 이어 그의 수하들도 똑같은 방법으로 말과 함께 허공을 날아 다섯 척의 범선에 골고루 떨어져 내렸다.

쿵! 쿵! 쿵! 쿵!

백여 명의 무인들이 말과 함께 해안 절벽을 박차고 날아 뱃머리에 떨어지는 광경은 장관이 따로 없었다.

덕분에 바다로 풍덩풍덩 빠진 말들은 일제히 바닷가를 향해 헤엄을 쳐갔다.

뒤늦게 해안가에 당도한 멸천대가 멀어져 가는 범선을 보며 망연자실한 표정을 지었지만 뾰족한 수가 없었다.

그들은 용악산의 수하들처럼 바다로 뛰어들 생각을 하지 않았다.

이미 늦었다는 걸 알기 때문이었다.

완벽한 탈출이었다.

"무사하셨군요."

서문홍주가 먼저 용악산에게 인사를 건넸다.

"아직 죽을 생각은 없습니다."

"천마군림도가 장산벽의 수중에 있어 무척 놀랐어요."

"일부러 빼앗긴 거요."

"그게 무슨…?"

"천마군림도가 우리에게 시간을 벌어 줄 것이오."

서문홍주는 용악산의 말을 어렴풋이 짐작할 수 있을 것 같았다.

그때 이장도가 다가와 물었다.

"흑룡부군이 보이질 않던데, 어찌 된 건가?"

"죽림에서 궁마왕에게 암살당했습니다."

"뭐라! 궁마왕 왜 흑룡부군을!"

"흑룡부군과 궁마왕의 가문은 오랫동안 경쟁 관계였지요. 아마도 내부의 정적을 제거한 게 아닌가 싶습니다."

"토끼 사냥이 끝났으니 개를 잡는다……. 궁마왕의 심계가 깊은 줄은 알고 있었지만 몇 수 앞을 내다보는 군. 한데 흑룡부군의 가병들이 가만있지 않았을 텐데?"

"화염 속에 고립된 상태에서 흑룡부군을 죽인 후 제가 죽인 것처럼 위장했습니다."

"무서운 작자로고……."

용악산이 고개를 돌려보니 저만치에서 은서령과 사제들이 자신을 보고 있었다.
두 사람은 그렇게 다시 만났다.

第七章
해왕문(海王門)의 소굴

天山刀客

바다를 향해 출발한 그날 밤, 배는 큰 폭풍을 만났다.

하지만 해왕문의 해적들은 노련함으로 폭풍을 무사히 이겨냈다.

그 과정에서 사람들은 놀라운 사실 하나를 알게 됐다.

폭풍을 관통하여 지나가는 것이 가장 빨리 폭풍의 영향권에서 벗어나는 길이라는 걸.

하지만 그건 바다의 주인인 해왕문이 아니면 결코 할 수 없는 것이었다.

망망대해를 항해한 지 열흘째.

다섯 척의 범선은 커다란 섬에 도착했다.

놀랍게도 섬에는 사람들이 타고 온 범선만큼 큰 배가 수십

척이나 더 정박해 있었다.

섬으로 오르자 곳곳에서 통나무를 우물 정(井) 자 모양으로 켜켜이 쌓아 올려 지은 가옥이 마을을 이루고 있었다.

마을에는 어른 아이 할 것 없이 육지의 여느 마을과 같은 사람들이 살고 있었다.

해적들은 이곳에서 자급자족하며 자신들만의 왕국을 꾸려 갔던 것이다.

그 왕국의 왕은 당연히 해백이었다.

"도대체 어떻게 된 거예요?"

은서령이 물었다.

"뭐가 말이냐?"

"어떻게 저를 감쪽같이 속이실 수가 있어요?"

"내가 해적의 수괴라고 했으면 나를 만나주기나 했고?"

해백은 예전의 장난스런 다루가 천 노인으로 돌아와 있었다.

아니다. 그가 이처럼 살갑게 구는 것은 은서령이 유일했다.

오직 은서령에게만 친손녀를 대하듯 스스럼없었다.

"서령아."

"예, 노야… 아니, 문주님."

"그냥 노야라고 부르렴. 예전처럼 말이다."

"하지만… 알았어요. 그렇게 부를게요."

"내가 네게 내 신분을 밝히지 못한 것처럼 그에게도 사정이 있었을 것이다. 한번쯤 그의 입장에서 생각을 해보려무나."

"하지만… 휴우, 저도 잘 모르겠어요."

"쯧쯧쯧, 호랑이도 제 말 하면 온다더니."

은서령이 고개를 돌려보니 과연 저만치 용악산이 다가오고 있었다.

"그럼 나중에 뵈어요."

마음이 불편해진 은서령은 한마디만 남겨두고는 금룡문의 문도들이 있는 곳으로 후다닥 사라졌다.

그때 용악산이 다가와 해백에게 물었다.

"해적의 소굴 같지는 않군요."

"후후, 해적들도 사람일세. 사람 사는 곳은 어디나 마찬가지지."

"이곳에서 도대체 무엇을 하고 있었던 겁니까?"

"아무것도 하지 않았네. 믿기 힘들겠지만 난파당하고 표류한 사람들을 하나둘씩 받아들이다 보니 이렇게 커졌다네."

"정말 믿기 힘들군요."

"세상엔 믿지 못할 일들이 많지."

"……?"

"자네, 나와 서령이의 사이를 알고 있는가?"

"어렸을 때부터 친손녀처럼 돌봐주셨다고 들었습니다."

해백은 저만치에서 문도들의 부상을 돌보고 있는 은서령을 보며 말했다.

"내가 맨 처음 다루가에 다점을 열었을 때, 저 녀석이 죽은 제 어미와 함께 나타났지. 코딱지만 한 놈이 어미의 손을 잡고 아장아장 걷는 게 어찌나 귀여운지, 콱 납치를 해다가 이곳에서 키울까도 생각을 했었네."

"……!"

"하하하, 농담일세, 농담. 그때 제 어미에게 우연히 들었지. 녀석에겐 복중에서부터 혼약한 놈이 있다나? 그땐 그냥 흘러들었는데 얼마 전 저 녀석에게 그 얘기를 다시 들었네. 천산에서 정혼자가 왔는데 야광주로 장명등을 만들어주었다면서 나에게 자랑을 하더군."

용악산은 일 년 전 처음 은서령을 만났을 때 별원에서 장명등을 만들어주던 것이 생각났다.

은서령이 그걸 들고 천 노인을 찾아가 자랑을 했을 줄은 몰랐다.

"자네, 여자랑 자본 적이 있는가?"

갑작스런 해백의 말에 용악산의 얼굴이 발개졌다.

"없지? 평생 냄새 나는 사내놈들하고만 뒹굴었지?"

"그건……."

"여자를 좋아하기는 쉽지. 하지만 여자를 이해하기란 평생을 걸려도 할 수 없는 일이라네. 특히 자네같이 무공밖에 모르는 숙맥은 더더욱."

"하시고자 하는 말씀이 무엇입니까?"

"여자에게는 백 마디 설명보다 따귀 한 대가 나을 때가 있지."

"도대체 무슨 말씀을 하시는 겁니까?"

"나 원, 이렇게 답답해서야."

해백은 갑자기 어린 아이를 다루듯 용악산의 귀를 잡아당기더니 속삭였다.

"……!"

용악산의 눈이 휘둥그레졌다.

"왜? 싫어?"

"못 들은 걸로 하겠습니다."

용악산은 얼굴이 발개져서 황급히 그 자리를 떴다.

해백은 용악산이 생각하던 것과는 전혀 다른 사람이었다.

소문에는 무시무시한 인사라 들었는데 어쩜 저리도 경망스러운가.

흡사 느끼한 독행천괴를 보는 것 같았다.

저만치 멀어지는 용악산의 뒤통수를 보며 해백이 혀를 찼다.

"쯧쯧쯧, 답답한 인사 같으니라고. 여자란 일단 자빠뜨리면 모든 게 해결 된다니까."

*　　　*　　　*

시간은 빠르게 흘러갔다.

용악산과 야천왕, 해백은 한나절을 의논한 끝에 섬을 세 구역으로 나눈 후 사람들을 각각 나누어 지내도록 했다.

아무리 같은 편이 되었다 한들 악명 높은 흉신악살들에다 거친 바다의 해적들, 그리고 천산의 사나운 마인들을 함께 뒤섞여 지내게 할 순 없었다.

하나같이 꺾이기를 거부하는 무인들이니 작은 충돌도 자칫 큰 싸움으로 번질 수 있기 때문이었다.

용악산과 수하들은 숲이 우거진 섬의 북쪽 지대에서 지냈다.

가장 좁은 지대였지만 불만은 없었다.

어차피 용악산과 수하들이 세 개의 세력 중 가장 적은 수였으니까.

별빛이 보석처럼 쏟아지는 밤.

새벽부터 밤늦도록 이어진 고된 수련에 모두가 지쳐 잠든 사이 용악산은 홀로 바닷가로 나갔다.

처얼썩, 쏴아. 처얼썩, 쏴아.

해안가의 모래사장으로 밀려왔다가 다시 돌아가는 파도 소리만이 정적을 깨우고 있었다.

어쩌다 여기까지 오게 됐을까?

낮은 곳으로 흘러 마침내 바다에 이르라던 대종사의 유지가 떠올랐다.

'정말 바다에 이르렀군.'

피식 웃음이 났다.

돌아보면 지난 일 년 사이에 참으로 많은 일들이 있었다.

무엇보다 슬픈 건 진심으로 존경했던 사람들의 죽음이다.

사내로 태어나 무인의 길을 걸으면서 평생 사부로 모실 만한 사람을 만나는 기회가 얼마나 될까.

용악산에겐 두 번의 기회가 있었고 두 사람을 모두 잃었다.

은도천의 죽음은 대종사의 죽음만큼이나 갑작스러운 것이었다.

금룡문의 제자들을 부탁한다던 그의 유지가 떠올랐다.

그들이 자신을 두려워하는 지금 아직도 그들을 이끌 수 있을까?

한동안 별을 바라보며 삼매에 빠져 있던 용악산은 모래사장에 가부좌를 틀고 앉았다.

소금기를 머금은 해풍이 쉴 새 없이 불어와 귀밑머리를 흩날렸다.

얼마나 지났을까?

몸속의 진기가 소주천과 대주천을 통과해 백해혈에 모였다.

정수리에서 김이 모락모락 나면서 몸 안 가득히 천지의 기운이 느껴졌다.

삼백 년 마도백가의 공력이다.

대종사께서 남기고 간 무학이다.

그들이 용악산에게 무인으로서의 육체를 주었다면, 두 번째 사부 은도천은 무인으로서의 삶을 주었다.

감당해야 할 몫이 너무 컸다.

세상의 가장 낮은 곳에 있는 가장 소중한 가치.

그것을 지키기가 너무 힘들다.

그러나 끝까지 싸워야 한다.

장산벽과 몇 번의 격돌이 있은 후 용악산은 자신의 무공이 미완성의 무공임을 깨달았다.

언제고 다시 부딪칠 때는 반드시 장산벽을 꺾어야 했다.

어쩌면 장산벽은 문제가 아닐지도 모른다.

십종가에는 장산벽보다 강한 무인이 아직 많이 있었고 그들 모두를 넘어야 했다.

지금쯤이면 장산벽 역시 용악산을 다시 만날 날을 위해 피땀을 흘리며 수련하고 있을 것이다.

백팔염라도.

대종사는 백팔염라도를 깨뜨릴 초식을 자신의 무공 안에 숨겨두었다고 했다.

그것은 마도백가의 공력을 바탕으로 한다.

그랬기에 마도백가의 무공에 대종사의 무공을 접목시킨 것이 아니던가.

무공이 초절정의 수준에 이르면 육체적이고 구체화된 동작은 의미가 없어진다.

그때부턴 추상적인 깨달음의 영역이다.

용악산은 삼매에 빠져 끝없는 무리의 세계를 탐험했다.

그 누구도 가보지 못한 미지의 영역.

그곳에서 불현듯 대종사를 만나는 순간 그의 은거도 끝이 날 것이다.

용악산의 주변으로 밤안개가 모여 들었다.

안개는 살아 있는 괴물처럼 용악산을 에워싸더니, 이내 두 마리의 용으로 변했다.

두 마리의 용은 마도백가와 대종사의 공력을 의미한다.

용은 좀처럼 하나로 섞이지를 못했다.

항상 가져왔던 의문이다.

적룡공을 펼칠 때 두 마리의 용은 언제나 하나로 뭉치지를 못했다.

용은 이제 서로의 꼬리를 물고 용악산을 중심으로 소용돌이 쳤다.

<u>고오오오.</u>

햇빛이 들지 않는 지저 동굴 속의 울림처럼 괴이한 울림이 생겨났다.

그러다 어느 순간 두 마리의 용이 허공을 향해 솟구쳤다.

우우우웅.

머릿속에 울림이 전해진다.

공명, 세상 모든 만물은 서로 공명한다.

한데 용은 서로 공명하지 못하고 점점 사나운 기세를 드러 냈다.

급기야 서로를 향해 이를 드러내며 으르렁거렸다.

그 순간, 용악산의 기감에 한 사람의 기척이 잡혔다.

금방이라도 격돌할 것 같던 용은 어느새 하늘 높이 솟아올라 구름을 뚫고 사라져 버렸다.

용악산의 삼매도 깨졌다.

뽀드득, 뽀드득.

저 멀리에서부터 물 머금은 모래를 밟고 오는 소리.

용악산은 일어나지 않았다.

눈을 뜨지도 않았다.

가만히 가부좌를 튼 상태에서 상대가 다가오기를 기다렸다.

발자국 소리만으로 상대가 누구인지를 알아차렸기 때문이다.

어찌 모르겠는가.

금룡문에 살던 시절 하루도 거르지 않고 새벽을 열던 소리인 걸.

사내는 가까이 다가온 후에도 말이 없었다.

마치 용악산의 운기가 끝나기를 기다리려는 듯 대여섯 걸음 떨어진 곳에서 조용히 서 있었다.

"내게 할 말이 있었던 게 아니더냐?"

용악산이 먼저 침묵을 깼다.

"궁마왕의 화살은 얼마나 빠릅니까?"

사내가 물었다.

"세상에서 가장 빠른 것이 무엇이더냐?"

“……?”

“그것보다 빠르다.”

“……!”

사내는 충격을 받은 듯했다.

쏟아지는 별빛 아래에서 한동안 말이 없던 사내는, 이윽고 조용하지만 그 어느 때보다 무거운 목소리로 물었다.

“장님도 환검을 펼칠 수 있을까요?”

“너는 이미 환검을 얻었다. 어찌하여 그것을 의심하는 것이냐?”

이 밤, 용악산을 찾아온 사람은 표자룡이었다.

그도 용악산처럼 밤잠을 이루지 못했나 보다.

“눈을 잃으면서… 환검도 잃었습니다.”

“네가 잃은 것은 눈만이 아닌 듯하구나.”

“……?”

표자룡이 궁금한 기색을 보였지만 용악산은 가부좌를 풀고 자리에서 일어났다.

그리고는 표자룡에게 눈길 한 번 주지 않고 반대쪽을 향해 걸어갔다.

“그를 꺾고 싶습니다.”

“……!”

용악산의 걸음이 멈췄다.

“궁마왕을 꺾고 싶습니다. 미치도록…….”

표자룡이 목소리가 격정으로 떨리고 있었다.

아홉 살에 첫 살인을 한 후 희로애락을 모르고 살았던 얼음 같은 사내 표자룡이.

"북검성 이장도를 찾아가라. 누가 뭐래도 그는 이 시대 최고의 검사. 그러면 너에게 도움을 줄 수 있을 것이다."

그 말을 끝으로 용악산은 해안을 따라 어둠 속으로 저만치 사라졌다.

＊　　　＊　　　＊

"생각보다 늦게 왔군."

늦은 밤, 표자룡의 방문을 받은 이장도가 처음 한 말이었다.

"제가 올 줄 알고 계셨습니까?"

"기회가 닿으면 자네의 검을 꼭 봐달라고 부탁하더군. 천고의 자질을 지녔으면서도 심마에 사로잡혀 꽃을 피우지 못한다면서."

"누가 언제……?"

"그날 북망동을 나온 후 죽림에서 헤어지기 직전 자네의 대사형이 내게 전음을 보냈지."

표자룡의 얼굴이 딱딱하게 굳었다.

그가 마지막 순간까지 자신을 염려하고 있을 줄은 꿈에도 몰랐기 때문이다.

자신은 오로지 자신의 문제에 사로잡혀 다른 사람을 보지도 못했는데 말이다.

표자룡의 얼굴이 굳는 것을 본 이장도가 말했다.

"아, 이제는 자네의 대사형이 아니었던가?"

"아닙니다. 그는 저의 대사형입니다. 그때나… 지금이나."

"그렇군. 이제 그만 일어날까?"

"……?"

"설마 수련을 내일로 미루자는 건 아니겠지? 난 그런 게으른 녀석은 취미없네."

그날 밤 이장도의 거처에서는 날이 새도록 두 명의 검사가 검무를 추었다.

*　　　*　　　*

섬에 작은 변화가 일어났다.

표자룡이 금룡문의 다른 사형제들과 함께 살던 서쪽의 초옥을 버리고 용악산과 그의 수하들이 있는 섬의 북쪽 지대로 온 것이다.

그는 용악산이 지내는 초옥 옆에 나뭇가지를 얼기설기 엮은 작은 움막을 짓고 용악산의 수발을 들었다.

"야, 이놈아. 네놈이 뭔데 우리 대주의 시중을 들겠다는 거냐? 앙?"

거지 평개가 술이 거나하게 취해 표자룡에게 시비를 걸었다.

"내 대사형이시오."

"썩을 놈. 네놈에게 대사형이면 우리에겐 주군이시다. 우리가 그 무시무시한 멸천대 잡는 마도 최강의 타격대라는 건 아느냐? 앙?"

"당신들이 누구이든 저 초옥 안에 있는 분은 나의 대사형이시오. 저리 비키시오."

표자룡은 평개를 확 밀치더니 노상에 모닥불을 지폈다.

"어랍쇼? 이놈 좀 보게? 눈깔도 없는 주제에 제법 강단이 있네."

쑤에애액!

한줄기 서늘한 바람이 평개의 목을 스쳤다.

어느새 검을 뽑아 든 표자룡이 평개의 목에 검을 붙인 것이다.

"난 당신들이 두렵지 않소. 대사형의 얼굴을 봐서 지금은 눈 감아주지만 조심하는 게 좋을 거요."

쉬리릭, 착!

표자룡은 평개의 목에 붙였던 검을 눈 깜짝할 사이에 검갑에 집어넣고는 물동이를 들고 물을 길러 갔다.

용악산을 위해 아침을 준비하려는 것이었다.

"참나, 눈깔도 없는 놈이 무슨 눈을 자꾸 감겠다는 거야?"

멀어져 가는 표자룡의 뒤통수에 대고 평개가 또 한 번 시비를 걸었지만 표자룡은 못 들은 척했다.

내친김에 평개는 목을 쭉 빼고 한 번 더 시비를 걸었다.

"야, 이 성질만 더럽고 실력이라곤 쥐뿔도 없는 봉사 놈아.

난 저쪽 바위 밑에 산다. 배알이 꼴리면 언제든 와라. 한판 붙
자.”

이번에도 표자룡은 들은 척도 하지 않았다.

표자룡이 보이지 않게 된 후 채홍만이 슬그머니 나타났다.

입이 퉁퉁 부어 있었다.

“왜, 뭐가 불만이야?”

“형님 말하는 뽄새가 그렇지 않습니까?”

“어랍쇼? 이놈 봐라? 사형이라고 편드는 거냐?”

“꼭 그렇게 아픈 데를 찌를 건 뭐 있수?”

“뭐 있수? 하, 이놈 봐라? 든든한 빽이 생기더니 말이 짧아
졌네. 오냐, 잘 만났다. 그렇잖아도 새파랗게 어린놈에게 당해
기분이 꿀꿀하던 참인데. 한판 붙자!”

“관두시오.”

채홍만은 귀찮다는 듯이 손을 휘휘 젓고는 저만치 가버렸
다.

“마, 어디 가냐?”

“상관 마시우.”

“하, 저 되바라진 놈이. 공춘본지 뭔지 하는 놈하고 붙어 다
니고서부턴 영 싸가지가 없어졌네. 내 그 들창코를 잡아 교육
을 한번 시키든지 해야지 안 되겠어.”

“딸꾹!”

어디선가 들리는 딸꾹질 소리에 평개가 황급히 몽둥이를 고
쳐 잡고 몸을 돌렸다.

후다다닥.

까투리가 튀어 오르듯 저만치 우거진 숲에서 홰를 치며 도망가는 녀석이 있었다.

뒷모습을 보니 낯이 익었다.

"들창코 같은데……."

평개가 고개를 갸우뚱하는 사이 용악산이 방문을 열고 나왔다.

평개가 반색을 하며 쫓아가 고자질을 했다.

"대주님도 들으셨죠, 홍만이 저 새까만 놈이 나한테 엉기는 거."

"쓸데없는 소리 말고. 어땠어?"

"후훗, 그놈 검공이 제법 쓸 만하던걸요."

"어느 정도?"

"마음의 준비를 하고 있었는데도 꼼짝없이 당했습니다."

"좋아. 따로 지시한 건 준비가 되었겠지?"

"물론입니다. 앞으로 매일 밤마다 한 놈씩 자룡인지 뭔지 하는 그놈을 습격할 겁니다. 오늘 밤은 소악이가 덮치기로 했습니다."

"소악이가?"

"쿡쿡, 아시죠? 소악이 그놈이 얼마나 사납고 빠른지. 아무리 천하제일검이 사사를 한다 해도 소악이를 당해낼 수는 없을 겁니다."

"좋아. 소악이에게 피를 봐도 좋으니 사정을 봐주지 말라고 일러라.”

“그러다 까딱하면 그놈이 소악이 손에 죽을 수도 있습니다. 아시지 않습니까? 소악이 그놈, 피를 보면 광분하는 거.”

“그럼 더욱 좋겠군.”

그날 밤 표자룡은 이장도의 가르침을 받고 돌아오던 중 숲 속에서 자그마한 체구의 괴한에게 습격을 받았다.

괴한은 표자룡이 난생처음 겪어본 독종이었다.

빠르고 사납고 잔인하고.

순식간에 벌어진 싸움에서 표자룡은 왼쪽 허벅지에 부상을 입었다.

표자룡이 쓰러지자 괴한은 더 이상 공격을 하지 않고 공손히 포권을 하더니 사라졌다.

표자룡은 괴한에게 화를 내지 않았다.

비록 갑작스런 습격이기는 했지만 그가 누구인지, 누가 보냈는지, 왜 보냈는지 모두 알기 때문이었다.

이런 날들은 계속되었다.

동이 트기 전에 일어나 새벽 수련을 하고 대사형의 아침을 마련해 준 다음 이장도의 처소로 가서 검리에 대해 가르침을 받았다.

밤늦도록 상승의 무학을 배운 다음엔 또다시 섬 북쪽의 숲으로 돌아와 자시가 넘도록 수련에 매진했다.

괴한들의 습격은 이장도를 만나 가르침을 청하는 시간 외에는 때와 장소를 가리지 않고 이어졌다.

심지어 잠을 자는 시간에도 습격이 있었다.

검을 쓰는 자, 암기를 던지는 자, 낭선(狼筅)을 휘두르는 자…….

백인백색의 병장기를 사용하는 자들이 저마다의 독특한 기운과 방법으로 표자룡을 괴롭혔다.

수련 차원에서의 단순한 습격이 아니었다.

기질이 원래 잔인한 것인지, 아니면 특명을 받은 것인지 하나같이 죽자고 덤벼들었고 반드시 피를 본 후에야 돌아갔다.

모골이 송연했던 적이 한두 번이 아니었다.

이쯤 되니 표자룡은 하루 열두 시진을 꼬박 초긴장 상태에서 보내야 했다.

살수의 삶을 살던 시절에도 이 정도로 긴장된 삶을 살지는 않았다.

특급 살수 백 명이 불과 십 리 안에 기거하면서 하루 종일 자신의 목숨을 노린다고 생각해 보라.

이건 사람이 사는 게 아니었다.

힘든 수련과 괴한의 습격으로 인해 신경은 예민해질 대로 예민해져 갔다.

더불어 그의 감각도 날카로워져 갔다.

*   *   *

이른 새벽.

사사사삭.

나뭇잎 굴러가는 소리에 용악산은 잠을 깼다.

소리는 계속해서 들렸다.

사사삭, 사사사삭. 슛! 슛! 슛!

나뭇잎이 멈춘 곳에서 들려오는 세 번의 파공성.

가볍고 은밀하다.

'하루하루가 달라지고 있어.'

용악산은 입가에 가벼운 미소를 지었다.

저 소리를 내는 사람이 누구인지를 알기 때문이었다.

그가 다시 새벽을 여는 소리를 듣게 된 것이 얼마 만인가.

표자룡은 예전에 비해 훨씬 차갑고 냉정해졌다.

기합을 안으로 삼키고 검에는 은밀함이 더해졌다.

그럼에도 불구하고 파공성은 깨끗하고 짧았다.

이건 그가 고도의 집중력을 발휘하고 있다는 증거다.

지금까지의 수련이 육체와 깨달음을 위한 과정이었다면, 이
제는 정신력의 단계다.

인간의 한계를 벗어나 검선(劍仙)의 경지에 이르기 위한 공
부.

표자룡은 그곳을 향해 한걸음씩 다가서고 있었다.

'얼마나 좋아졌는지 한번 볼까?'

용악산은 불현듯 호기심을 느끼고 잠자리에서 일어나 밖으

로 나갔다.

동녘이 어슴푸레하게 밝아오는 새벽이었다.

아직 빛이 파고들지 못한 숲 속 저편에서 그림자 하나가 검무를 추고 있었다.

호흡을 안으로 갈무리 하고는 있었지만 여기까지 '훅훅' 숨소리가 들려오는 듯했다.

그러던 어느 순간 그림자 표자룡에게서 기합이 터졌다.

"갈!"

짧은 외마디 외침과 함께 은빛 검영이 허공을 그었다.

하지만 아무 일도 일어나지 않았다.

착!

순식간에 착검을 한 표자룡은 그제야 용악산에게로 다가와 공손히 포권을 했다.

처음 용악산이 금룡관을 찾아왔을 때의 그 모습 그대로였다.

"어젯밤 장산의 칼을 막아냈다고 하더구나."

"……."

"오늘 밤에는 추립이라는 사내를 보낼 것이다. 학관 선비의 삶을 살고 있지만 이미 십 년 전에 환검을 얻은 녀석이다. 북두검이라는 별호를 쓰는데, 섬전(閃電)이 무엇인지 보게 될 것이다."

표자룡은 대답 대신 고개를 숙이고는 다시 저만치 숲으로 걸음을 옮긴 다음 수련을 계속했다.

아직 그가 정한 새벽 수련의 시간을 다하지 않은 모양이었다.

한데 이번엔 좀 달랐다.

공력을 약간 모으는가 싶더니, 별스럽지 않은 동작으로 허공을 향해 검을 그었다.

그러자 검신에서 한 가닥 검풍이 이는가 싶더니 전방 다섯 장 내의 그루터기 나무가 폭풍을 만난 들판의 벼처럼 쓰러졌다.

우찌끈. 꾸더덩텅텅.

나무는 이미 조금 전 표자룡이 베었던 것이다.

다만 너무나 깨끗하게 베어내는 바람에 쓰러지지 않았을 뿐.

갑작스런 소란에 숲에선 새벽잠을 자는 새들이 후다닥 날갯짓을 하며 날아올랐다.

용악산은 만족했다.

잠자는 새를 속일 수 있을 정도로 표자룡의 검은 은밀해져 있었던 것이다.

그런데 나무 쓰러지는 소리에 놀라 잠을 깬 것은 새들만이 아니었다.

"으아아악! 이 빌어먹을 놈아, 제발 잠 좀 자자, 잠 좀. 수련을 해도 아침이나 먹은 연후에 할 것이지 어째서 식전 댓바람부터 나무를 쓰러뜨리고 하고 지랄이냐, 지랄이!"

질펀한 욕설과 함께 표자룡이 기거하던 움막에서 배를 벅벅 긁고 나온 사람은 공춘보였다.

"……!"

공춘보는 용악산을 발견하고 그 자리에 우뚝 멈췄다.

"네가… 어쩐 일이냐?"

공춘보는 잠시 눈동자를 굴리더니 이내 예전의 능글거리는 얼굴로 돌아와 대답했다.

"뭐가 잘못됐습니까요?"

"뭐?"

"사부님께서 돌아가시기 직전 제게 그럽디다. '춘보야, 내가 진정으로 믿을 만한 사람은 너밖에 없다. 그러니 네가 책임을 지고 사형제들끼리 똘똘 뭉쳐 절대 떨어지지 말거라' 라고요."

"그래서?"

"그래서는 뭔 그래섭니까. 사형제가 있는 곳에 이 공춘보가 온 거지요."

그때 또 하나의 목소리가 들렸다.

"또, 또 밑도 끝도 없는 소리한다. 사부님이 언제 믿을 사람은 공 사형밖에 없다고 그러셨소? 내가 옆에서 두 눈을 시퍼렇게 뜨고 지켜봤구만, 무슨 헛소리를."

사정없이 면박을 주며 나타난 사람은 춘보 잡는 하풍달이었다.

하풍달의 등장에 공춘보는 슬그머니 목검을 잡고 표자룡이 수련 중인 숲으로 걸어갔다.

"어딜 가시오?"

"마, 보면 몰라? 새벽 수련하러 간다. 이대로 움막에 들어가면 저 양반이 또 뭐라고 할 거 아니냐."

공춘보가 말한 저 양반은 용악산이었다.

하풍달은 씨익 웃으면서 용악산에게 말했다.

"아침 식사 준비됐습니다. 금룡문의 규칙 아시죠? 잠은 한데서 자도 밥은 꼭 같이 먹어라. 그럼 전 이만. 홍만이가 멧돼지를 한 마리 잡아온다고 했는데 쇠몽둥이로 다 짓이겨 놓는 건 아닌지 모르겠네."

하풍달은 용악산의 대답은 기다리지도 않고 초옥의 마당을 지나 바깥으로 갔다.

마당 한복판의 모닥불 위에 걸린 솥에서는 아까부터 물이 팔팔 끓고 있었다.

채홍만이 멧돼지를 잡아오면 넣고 삶을 모양이었다.

"……!"

용악산은 뭔가에 홀린 기분이었다.

그때 뒤에서도 낯익은 발자국 소리가 들려왔다.

용악산이 돌아보려 하자 발자국의 주인이 말했다.

"잠깐만 그대로 있어주세요."

목소리의 주인공은 은서령이었다.

그녀는 잠시 사이를 둔 다음 물었다.

"한 가지만 물어볼게요."

"……?"

"우리와 함께 보낸 시간 동안 당신은 진심이었나요?"

용악산은 오랫동안 생각한 끝에 대답했다.

그가 해줄 수 있는 가장 솔직한 말.

"그때 나는 행복했다."

"……!"

다시 이어지는 두 사람 사이의 침묵.

긴 침묵 끝에 은서령은 말했다.

"어젯밤 기련검 노 선배님께 구배지례를 올렸어요."

"……?"

"대사형께 말씀을 드려야 할 것 같아서요."

말을 한 후 은서령은 저만치 숲으로 사라졌다.

아마 다음번에 만날 때는 다시 얼굴을 마주 보며 얘기할 수 있을 것이다.

그녀가 기련검을 스승으로 모시게 된 것은 운명이었다.

기련검은 죽은 비파랑의 스승이었다.

은서령이 비파랑의 무공을 이었으니 기련검이라면 은서령의 북풍십삼막을 완벽하게 손봐줄 수 있을 것이다.

은서령에게서 죽은 제자의 무공을 본 기련검이 먼저 손을 내밀지 않았을까.

용악산은 알 수 없는 상실감을 느꼈다.

어쩐지 죽은 비파랑에게 그녀를 빼앗긴 것 같은.

그때 용악산이 찌릿한 시선으로 숲을 노려보았다.

숲 속에서 한 쌍의 눈동자가 용악산을 주시하고 있었다.

공춘보였다.

눈동자는 초옥 바깥의 울타리 아래에도 숨어 있었다.

하풍달이었다.

은서령과 용악산이 대화를 나누는 걸 보고 몰래 훔쳐보고 있었던 것이다.

용악산에게 들킨 걸 알아차린 두 사람이 화들짝 놀라더니 후다닥 달아났다.

용악산을 비롯한 금룡문의 제자들은 피와 땀으로 섬에서의 시간들을 견뎌냈다.

가장 빠른 성취를 보인 사람은 역시 표자룡이었다.

그는 마치 검에 목숨을 건 사람처럼 보였다.

앞이 보이지 않는 대신 다른 감각들이 예민하게 발달했고, 그건 오히려 그의 검에 도움을 주었다.

고도의 집중력이 생겨나면서 오로지 검에만 모든 것을 쏟게 된 것이다.

어느 날 밤 용악산은 이장도를 찾아갔다.

표자룡의 성취를 묻기 위해서였다.

"이름이 벽월검이라고 했던가?"

표자룡의 검공을 두고 이르는 말이었다.

"원래는 난영벽월검이었습니다."

"난 잎이 달을 쪼갠다라… 후후, 참으로 풍치있는 이름일세."

갑자기 이장도는 왜 이런 말을 하는 걸까?

“어젯밤 그가 달을 쪼겠네.”

“……!”

진짜 달을 쪼겠다는 말은 아니다.

벽월검이 상승의 경지에 이르렀을 때 나타날 수 있는 어떤 현상을 비유적으로 설명한 것이 틀림없었다.

용악산은 벽월검을 이장도만큼 깊이 이해하지 못하니 그 경지가 어떤 것인지는 알 수가 없었다.

하지만 한 가지는 분명히 알 수 있었다.

표자룡은 사조께서 처음 벽월검을 창안한 이후로 금룡문의 그 누구도 가보지 못한 경지를 가고 있다는 걸.

“곧 심검(心劍)을 얻을 것 같네. 내 평생 저런 독종은 처음 봤네. 수년 내에 무서운 검사가 탄생하게 될 것이네. 더불어 금룡문의 벽월검은 화산의 매화검, 무당의 태극검 등과 어깨를 나란히 하게 될 걸세.”

그에 대한 용악산의 대답은 더욱 걸작이었다.

“처음부터 그렇게 될 녀석이었습니다.”

“후후, 할 말이 없군.”

이튿날 밤에는 기련검을 찾아갔다.

용악산이 그와 이렇게 단둘이 마주 앉은 것은 처음이었다.

어색하다면 어색할 수 있는 사이.

기련검의 입장에선 제자의 삶을 용악산이 훔쳐간 것이나 다름없었다.

운기조식을 하고 있던 기련검은 한참의 시간이 흐른 후 말했다.

"녀석은 밝았지. 전장과는 어울리지 않았어."

죽은 비파랑을 말하는 것이었다.

용악산은 평원에서 만났던 비파랑의 모습이 떠올랐다.

죽은 척 누워 있다가 천응을 사냥하던 모습, 처음 보는 자신에게 같이 고기를 먹자던 모습…….

확실히 그는 밝았다.

오랜 전쟁에 시달리고 지친 사람에게서 볼 수 있는 짙은 피 냄새를 맡을 수 없었으니 말이다.

용악산은 그것이 은서령 때문이라는 걸 알고 있었다.

지옥도 속에서 은서령은 비파랑에게 한줄기 맑은 샘물 같았을 것이다.

"항상 항주에 있는 꼬마에 대한 얘기뿐이었어. 그때는 제법 자라 더 이상 어린 시설의 꼬마가 아닐 텐데도 항상 꼬마라고 불렀지. 그 꼬마 때문이었어, 그 녀석이 전장에서도 그처럼 밝은 얼굴을 할 수 있었던 게."

기련검의 말을 듣고 있던 용악산은 마음이 더욱 무거워졌다.

"한데… 이제 내가 그 꼬마를 가르치게 되었군."

기련검을 호리병을 기울여 술 한 잔을 따라 마신 후 말을 이었다.

"자네와 그 아이의 인연은 들어서 알고 있네."

"……"

“모든 것이 운명인 게지.”

“사매를 제자로 거둬주셔서 감사합니다.”

기련검이 고개를 들어 용악산을 보며 물었다.

“자넨 내가 자네를 압박하기 위해 기련산을 내려왔다고 생각하겠지?”

“……?”

“아닐세. 난 죽은 내 제자의 복수를 하기 위해 내려왔네.”

시간은 빠르게 흘러갔다.

섬으로 쫓겨올 때만 해도 수심만이 가득했던 사람들의 얼굴에는 이제 서늘한 독기가 서렸다.

표자룡은 이제 더 이상 습격에 당하지 않았다.

보다 못한 석승과 표충수, 방종호 등의 조장 급 고수들이 표자룡의 등을 노렸지만 허사였다.

처음엔 표자룡의 털끝 하나 건드리지 못하는 정도였다가 어느 순간부터는 그를 본 사람이 없게 됐다.

표자룡은 섬에서 완전히 사라진 존재가 되었다.

보이지 않는 존재를 습격할 수는 없지 않은가.

하루에 한 번 유일하게 그의 얼굴을 볼 수 있는 사람은 이장도였다.

이를 두고 용악산의 수하들은 이런 말들을 했다.

“그놈이 만약 우리를 죽이러 온 자객이었다면 어떻게 됐을까?”

"죽었겠지."

"살수 출신이라더니, 환영술을 완벽히 체득했어."

"이 정도면 궁마왕도 잡을 수 있지 않을까?"

"쯧쯧, 궁마왕 잡는 걸 이웃집 개 서리하듯 말하는군."

"천하의 궁마왕도 사람이 보이지 않는 데야 어쩌겠어?"

"세상을 볼 수 없는 자가 스스로를 세상 속에 감추다? 허허, 이거참."

그런가 하면 언제부턴가 해안가의 바위들이 종잇장처럼 깨끗하게 절단된 채 발견되곤 했다.

범인이 누구인지는 모두 알고 있었다.

은서령의 북풍십삼막이 점점 무르익고 있었던 것이다.

은서령과 표자룡, 두 사람이 고인들의 가르침을 받으면서 비교적 깨끗한 수련을 하는 것과 달리 공춘보와 하풍달의 수련은 개고생, 그 자체였다.

"저한테 맡겨주십시오."

어느 날 석승이 용악산에게 한 말이었다.

용악산은 두 사람을 석승에게 맡겼고 석승은 두 사람을 오뉴월 개 패듯이 하루 종일 팼다.

패다가 지치면 수하들에게 넘겨주었는데, 그러면 수하들이 또 두 사람을 팼다.

명분은 대련이었지만 공춘보와 하풍달에겐 그들을 당해낼 재간이 없으니 개 맞듯이 맞는 것이었다.

두 사람은 금룡문에서 용악산에게 체벌을 받을 때가 행복했었다며 남몰래 눈물을 흘렸다.

하지만 표자룡이 섬에서 사라지고 은서령의 바닷가의 바위들을 쪼개고 다닐 때쯤엔 공춘보와 하풍달도 맞고만 있지 않았다.

열 대를 맞으면 세 대는 때렸던 것이다.

그렇게 시간이 흐르고 흘러 어느덧 네 번의 계절이 바뀌었다.

*　　*　　*

자시를 넘은 새벽, 해백이 긴급 회동을 소집했다.

모인 사람은 십여 명 안팎의 수뇌부들이었다.

모두가 잠들어 있을 시간에 이토록 다급한 회동을 소집한 적은 처음이라 사람들은 심상치 않은 일이 일어났음을 직감했다.

"뭍에서 소식이 왔습니다."

해백은 사람들의 표정을 한차례 살핀 후 말을 이어갔다.

"북천마제가 섬서의 대파산에 거대한 궁을 짓고 신탁을 받는다고 합니다."

"신탁이라면?"

무거운 분위기 탓인지 독행천괴가 조심스럽게 물었다.

"더 이상 사람이 아닌 신적인 존재가 되는 거죠. 백발마존 천제강의 뒤를 이어 천마신교의 대종사가 되는 겁니다. 무림일통 이후 벼르고 별렀던 마도천하가 시작되는 거죠."

좌중에 싸한 침묵이 흘렀다.

"다른 소식은 없습니까?"

이장도가 물었고 해백이 대답했다.

"장산벽이 천하에 산개한 백여 개 문파에 무림첩을 보냈답니다."

"무림첩이라면?"

"겉으로는 초청장의 형식을 빌었지만 실상은 사절단을 보내 축하를 하라는 거지요. 중원무림에 굴종을 강요하는 겁니다."

"구대문파로서는 난감한 상황이겠군요. 그들이 사절단을 보낸다는 것은, 곧 마도의 존재를 공식적으로 인정하는 꼴이 될 테니까요."

"그런 셈이죠."

이장도와 해백의 대화에 서문홍주가 끼어들었다.

"한데 한 가지 이상한 점이 있습니다."

"무엇이 말이냐?"

해백이 물었다.

"왜 북천마제가 아니라 장산벽의 이름으로 무림첩을 보낸 거죠?"

"북천마제는 이제 더 이상 사람이 아니라 신이니까. 구대문파의 문주들이 제아무리 대단하다고 해도 사람인 이상 신과 동격이 될 수 없지. 장산벽은 신을 대리해 그들에게 무림첩을 보낸 것이다."

"미친놈들이구만."

듣고 있던 독행천괴가 독설을 퍼부었다.

"그래도 의문이 가시지 않아요. 장산벽이 제아무리 북천마제의 제자라 해도 마교를 대표할 정도의 입지를 지니진 못했을 텐데."

"듣자하니 그가 빙백신공을 극성까지 익혔다더구나."

"빙백신공을 대성했다면……."

"불사의 몸이 된 것이지. 북천마제와 함께 하늘 아래 유일한 불사지체. 구마종들조차 그에게 대를 이은 충성을 맹세했다."

좌중엔 무거운 침묵이 흘렀다.

자신들이 칼을 갈고닦는 동안 저들 역시 놀고만 있을 거라고는 생각하지 않았다.

하지만 장산벽이 그사이 불사지체가 되어 있을 줄이야.

한동안 침묵이 흐른 후 사람들의 시선은 용악산에게로 향했다.

두 사람이 맞수라는 걸 알기 때문이다.

용악산이 말했다.

"섬을 떠나야 할 때가 온 것 같군요."

그날 밤, 세 척의 범선이 섬을 떠났다.

범선은 바다 한복판에 이르러 세 방향으로 흩어졌다.

모두 용악산의 지시에 따른 것이었다.

第八章
다시 세상으로

天山刀客

어둠이 내린 저녁.

밤을 물들인 듯 검은 범선 한 척이 항주로 접근하고 있었다.

밤을 도와 항해하는 배는 다른 배와의 충돌을 방지하기 위해 반드시 선등(船燈)을 내걸도록 되어 있다.

특히나 큰 범선의 경우에는 더욱 그렇다.

하지만 범선에서는 한 줌의 빛도 새어 나오지 않았다.

이윽고 배는 항주의 동남쪽 죽림 지대로 접근했다.

거친 해풍을 막기 위해 조성한 이곳은 다른 방풍림들과는 달리 무척이나 특이한 면이 있었다.

매월 보름, 조석 간만의 차가 최고조에 이르면 죽림의 절반 정도가 물에 잠기는 것이다.

이 때문에 바다의 소금기를 견딜 수 있는 남만에서만 나는 오죽(烏竹)을 심었고, 수만 평에 달하는 검은 죽림 지대는 사람들에게 은근한 두려움을 안겨주었다.

게다가 이따금 밀물에 떠밀려 온 시체들이 죽림의 촘촘한 대나무에 걸린 채로 발견되기도 했다.

때문에 이곳은 죽은 자의 원혼이 떠돈다는 얘기가 있어 대낮에도 사람들이 접근을 꺼리는 곳이었다.

때마침 밀물이 최고조에 이르러 죽림의 절반이 물에 잠긴 상태였다.

범선은 빽빽하게 자란 대나무를 비집고 한참이나 들어갔다.

방풍을 위해선지 대나무의 높이는 십 장이 넘었고 범선의 절반 정도를 감출 수 있었다.

그로부터 반 시진 정도 지나 달이 중천에 떠오를 무렵에는 썰물이 시작됐고 배는 천천히 내려앉았다.

다시 한 시진 후에는 십 장 높이의 죽림이 커다란 범선을 완전히 집어삼키고 말았다.

그 무렵, 범선으로부터 백여 개 정도의 검은 그림자들이 죽림으로 뛰어내렸다.

그 모습이 흡사 유령들 같았다.

유령이 다른 유령에게 말했다.

"너는 수하들을 데리고 한 사람을 찾아라."

"그가 누구입니까?"

"천 명의 귀신을 부리는 자."

"천불동(千佛棟)!"

"보름 안에 전 중원을 뒤져서라도 반드시 찾아야 한다."

"존명!"

유령은 대답을 한 후 백여 명의 수하들을 이끌고 죽림 속으로 사라졌다.

*　　　*　　　*

계절은 만산이 홍엽으로 물드는 가을로 접어들고 있었다.

해가 뉘엿뉘엿 기울기 시작하는 초저녁.

공화연은 호위무사를 한 명만 대동한 채 홀로 객점을 찾았다.

마도천하가 된 지금, 전날처럼 많은 호위무사들을 거느리고 외출을 하기엔 사람들의 손가락질이 무서웠다.

한때는 정도를 걷던 문파가 아닌가.

이런 시절엔 하늘을 보는 것조차 부끄러웠다.

이제 항주의 상계는 구룡장에 줄을 대려 하지 않는다.

그들이 무서워하는 것은 옛 금룡문의 장원에 자리를 잡은 천마신교의 항주 지부다.

사실상 그들이 항주의 상권을 좌지우지하며 천문학적인 돈을 벌어들인다는 것은 삼척동자도 아는 사실이었다.

당연히 구룡장의 명성은 땅에 떨어졌고 모든 상권을 빼앗긴 상태였다.

하지만 그렇지 않은 곳도 있었다.

한때는 구룡장과 함께 항주의 상권을 삼등분했던 북천방과 홍인방은 마도의 일에 적극 협조하면서 예전보다 입지를 더욱 공고히 했다.

사실상 마도의 앞잡이 노릇을 하고 있었던 것이다.

점소이의 안내를 받아 이층으로 올라가니 한쪽 구석에 낯익은 인물이 보였다.

북천방의 하상도였다.

천하가 마도의 수중에 떨어진 후 사실상 그가 북천방의 방주 직을 대행하고 있었다.

바뀐 세상에 방주가 직접 나서 방의 일을 처리하기엔 부담스러웠던 탓이다.

공화연이 나타나자 그가 급히 일어나 자리를 권했다.

"어서 오십시오."

공화연은 하상도가 가리키는 자리에 앉았다.

"일 년 만인가요? 지척에 있으면서도 오랫동안 뵙지를 못했군요."

하상도가 조심스럽게 말을 꺼냈다.

"무슨 일로 절 보자고 하셨나요?"

"만나자마자 용건이라니, 언제부터 우리 사이가 이렇게 됐는지 안타깝군요."

"예전에도 그리 돈독한 사이는 아니었죠."

"낭자, 난 진심으로 낭자와 구룡장을 걱정하고 있습니다."

“마음만 받겠습니다.”

“휴우, 알겠습니다. 용건을 말씀드리죠.”

하상도는 자신 앞에 놓인 술잔에 술을 따라 마신 후 입을 열었다.

“이제 곧 가을 추수철이 오면 강남의 비옥한 땅에서 대규모의 곡물 수송선이 들어올 겁니다. 아시다시피 미곡의 거래는 항주 상계의 오랜 전통이자 연중 가장 큰 수입입니다.”

“말씀하시고자 하는 바가 무엇인가요?”

“이참에 구룡장에서도 한몫을 하셔야지요. 그럼 단숨에 일어설 수 있습니다.”

“우리에게까지 차례가 올려나 모르겠군요.”

“한 사람이 힘을 써주기만 하면 만사형통이지요.”

“그가 누구죠?”

하상도는 즉각 대답을 하지 않고 다시 한 번 술을 마셨다.

“배인걸입니다.”

“……!”

하상도의 입에서 배인걸이라는 말이 흘러나오는 순간 공화연은 인상을 있는 대로 찌푸렸다.

마치 벌레는 보는 듯한 표정.

배인걸은 한때는 공화연과도 자주 어울리던 홍인방의 후계자였다.

무림의 주인이 바뀌자 무공보다 머리가 뛰어나다는 배인걸은 누구보다 먼저 장산벽을 찾아갔다.

그가 어떻게 장산벽에게 신임을 얻었는지는 알 수 없다.

다만 장산벽을 만나고 온 후 그와 홍인방은 사실상 항주 상계를 좌지우지했다.

지금 항주는 배인걸의 세상이라고 해도 과언이 아니었다.

이제 사람들은 홍인방을 사실상 마도로 여겼다.

"구룡장이 마도의 일에 협조를 하라는 뜻인가요?"

"장주께서 생존해 계시는 한 뜻을 굽히기 어려울 거라는 거 잘 압니다."

"설마 아무런 조건 없이 그런 호의를 베풀겠다는 건가요?"

하상도는 갑자기 자신의 수하들을 아래층으로 물린 후 공화연이 대동하고 온 호위무사를 보았다.

자리를 비켜 달라는 소리다.

공화연이 눈짓을 하자 호위무사가 일층으로 내려갔다.

호위무사가 물러나자 하상도는 목소리를 한껏 낮춰서 말했다.

"그건 낭자께 달려 있습니다."

"무슨 뜻인가요?"

"배인걸이 낭자를 흠모하고 있다는 건 알고 계시죠?"

"그게… 이 일과 무슨 상관이죠?"

"북동의 서북쪽에 빼어난 풍치를 자랑하는 산장이 하나 있습니다. 아시다시피 지난 시절 홍인방의 방주께서 애첩과 함께 지내던 곳으로……."

"지금 무슨 말씀을 하시려는 거예요?"

공화연의 목소리가 날카로워졌다.

하상도는 자신의 앞에 놓인 술잔을 들어 단숨에 비우고는 힘겹게 말을 이었다.

"오늘 밤 풍림산장을 비워놓고 기다리겠답니다. 낭자의 입장을 고려해 산장의 식솔들도 모두 내려보내고……."

촤악!

하상도의 얼굴에 술이 뿌려졌다.

빈 술잔을 쥐고 있는 공화연의 손이 부르르 떨렸다.

"더러운 인간들!"

일층에서 주인의 수모를 본 수하들이 우르르 올라왔다.

공화연의 호위무사 역시 황급히 이층으로 올라왔고, 주변은 순식간에 살벌한 분위기가 만들어졌다.

"물러나라!"

하상도가 자신의 수하들을 향해 신경질적인 반응을 보였다.

수하들은 잠시 공화연과 그녀의 호위무사를 노려보고는 다시 계단을 내려갔다.

공화연이 눈짓을 하자 그녀의 호위무사 역시 다시 내려갔다.

"당신이… 당신이 어떻게 내게 이럴 수 있죠? 한때는 내게 호감을 가지지 않았던가요?"

"그랬었죠. 하지만 당신은 언제나 다른 곳만 보고 있더군요."

"……!"

"낭자가 금룡문의 장제자를 흠모했었다는 걸 제가 모를 줄 아셨습니까?"

"그, 그게 무슨……."

"그는 마인입니다. 그것도 아주 무시무시한. 한데 어찌하여 그는 되고 배인걸은 안 됩니까?"

"그분은 당신들 같은 부류와는 달라요."

"역시 그를 기다리고 있었군요. 하지만 소용없는 짓입니다. 낭자도 아시지 않습니까? 지난해 금룡문의 제자들과 북망동의 흉신악살들이 해왕문의 배를 타고 바다로 나간 날, 십 년에 한 번 오는 폭풍이 불었지요. 항주의 노련한 뱃사람들은 그 폭풍 속에서는 아무도 살아남지 못할 거라고 호언장담했습니다. 그는 이미 죽었습니다."

"하 공자가 상관할 바 아닙니다!"

"공 낭자, 세상이 바뀌었습니다. 현실을 똑바로 보세요."

"그래서 이제 배인걸의 개가 되기로 했나요? 한때는 자기가 좋아했던 여자를 바치면서까지?"

"북천방을 살리기 위해섭니다. 배인걸의 한마디면 북천방은 하루아침에 무너집니다. 그건 구룡장도 마찬가지고요."

"돌아가서 전하세요. 기녀를 찾는 거라면 기루로 가라고. 그리고 이 수모는 언젠간 반드시 갚겠어요. 당신에게도, 배인걸에게도."

공화연은 자리를 박차고 일어섰다.

하상도의 한마디가 그녀의 발걸음을 잡았다.

"구룡장을 통째로 빼앗길 수도 있습니다."

"……!"

"홍인방이 사흘 전 금문전장(金門錢莊)을 사들였습니다."

공화연의 어깨가 부르르 떨렸다.

구룡장은 지난 일 년 동안 수백 명에 달하는 일꾼이며 무사들을 단 한 명도 내보내지 않았다.

이런 시국에 그들이 나간다면 호원무사들은 마도에 투항하게 될 것이고, 일꾼들은 그들의 가족들과 함께 거리로 나앉을 게 분명했다.

그렇게 만들 수는 없었다.

때문에 장원을 유지하기 위해 항주의 전장들을 찾아 다녔다.

이미 멸문의 길을 걷고 있는 구룡장을 위해 전표를 발행해 주는 곳은 없었다.

하지만 유일하게 금문전장에서 아무런 조건 없이 돈을 빌려 주었다.

그 금액이 무려 은자 삼십만 냥이다.

항주의 상인들이 평가하는 현재 구룡장의 가치와 맞먹는 엄청난 재물.

그런데 금문전장을 홍인방에서 접수했단다.

그렇게 되면 구룡장은 홍인방에 삼십만 냥의 빚을 진 것이나 다름없었다.

이제 보니 금문전장에서 선뜻 돈을 빌려준 것도 다 계획적이었나 보다.

모두 배인걸의 머리에서 나온 게 틀림없었다.

누가 뭐래도 항주 최고의 상방이었던 구룡장을 집어삼키기 위해.

금문전장에서 갑자기 채무 이행을 촉구한다면 구룡장은 고스란히 빼앗길 수밖에 없었다.

결국 배인걸에게 구룡장의 운명이 달려 있었다.

배인걸이 언젠가 큰일을 도모할 상재라는 얘기는 들었지만 이 정도일 줄이야.

공화연의 어깨가 부르르 떨렸다.

배인걸은 구룡장의 명운을 놓고 거래를 하자는 것이다.

그 대가는 물론 자신과의 하룻밤이다.

이건 거래가 아니라 협박이다.

거절을 하자니 구룡장과 장원에 딸린 수백 명 식솔들의 목숨이 왔다 갔다 한다.

거래를 받아들이자니 죽기보다 싫다.

"비밀은 철저히 지켜 드리지요."

공화연의 뒷모습에서 갈등을 읽은 것일까?

아니면 그녀와 같은 효녀가 이런 제안을 거절할 리가 없다고 생각한 것일까?

하상도는 그 한마디를 남겨두고는 홀연히 자리에서 일어나 수하들과 함께 객점을 나갔다.

그가 나간 후로도 공화연은 한동안 망연자실한 표정을 감추지 못했다.

호위무사가 이층으로 올라와 그녀의 상념을 깨웠다.

"아가씨, 무슨 일입니까?"

"아니에요, 아무것도."

"그만 장원으로 돌아가시죠."

공화연은 호위무사를 따라 계단으로 내려가다가 문득 멈춰섰다.

"왜 그러십니까?"

"먼저 장원으로 가세요. 전 좀 들를 곳이 있어요."

"저도 같이 가겠습니다."

"아니에요. 혼자 가겠어요."

"밤길을 혼자 걷는 것은 위험……."

"제발!"

"……?"

"…아무것도 묻지 말고 제가 하라는 대로 해주세요."

"알겠습니다."

결국 호위무사가 먼저 객점을 나가더니, 잠시 후 공화연도 밖을 나갔다.

그들이 나가자 객점 구석에서 술을 마시던 두 명의 죽립인이 오랫동안 그녀의 뒷모습을 지켜보았다.

"햐아, 거, 뒤태 한번 끝내준다."

"쯧쯧쯧, 지금 그런 소리나 하고 있을 때요?"

"오랜만에 보니 반가워서 그렇지."

"그게 반가운 사람한테 할 소리요?"

"이 자식 좀 보게? 옛날엔 맞장구를 치더니 점점 점잖아지려고 그러네. 집어치워, 인마. 안 어울려."

"그나저나 하상도 그 후레자식이 하는 소리 들었소?"

"들었다. 간이 아주 배 밖으로 나왔더구나. 감히 이 공춘보도 개시 못한 항주의 여신을 건드리려 하다니."

"에유, 진짜!"

"얀마, 술 먹다가 어디 가냐!"

*　　*　　*

풍림산장은 말 그대로 바람이 부는 숲 속에 자리 잡은 아늑한 별장이었다.

대대로 홍인방의 소유였던 이곳은 당대의 방주들이 처첩을 불러다가 여흥을 즐기던 곳이었다.

달빛이 내리쬐는 밤, 혼자 풍림산장으로 향하는 오솔길을 걷는 공화연의 발걸음은 무겁기 짝이 없었다.

그녀 역시 무가의 혈족.

이 정도 거리는 숨 한 번 차지 않고도 한달음에 오를 거리였지만 오늘은 몇 번이고 쉬었다 가기를 반복했다.

잠시 후 저만치 불을 밝힌 풍림산장이 보였다.

그녀는 오솔길 옆에 있는 작은 바위에 앉았다.

벌써 아홉 번째 길을 멈추고 쉬는 중이었다.

산 아래를 내려다보니 저 멀리 항주 시내가 보였다.

그중 한 곳, 반딧불처럼 깜빡이는 불빛들은 분명 구룡장에서 새어 나오는 빛일 것이다.

이 시각에 아직도 잠을 자지 않고 등촉을 밝힌 사람은 누구일까?

혹시 아버지는 아닐까?

불현듯 뜨거운 눈물이 또르르 흘러내렸다.

그녀는 또다시 몸을 일으켜 차마 떨어지지 않는 발걸음을 옮겼다.

비밀을 지켜주겠다던 약속대로 가는 동안 한 사람도 마주치지 않았다.

이윽고 풍림산장에 도착하자 검은 안대로 눈을 가린 노인이 나왔다.

그 역시 공화연의 입장을 고려해 눈을 가린 게 분명했다.

그는 기척만으로 사람의 등장을 알아차리고 말했다.

"오늘 약속한 그분이신지요?"

"그런 것 같군요."

"따라오시지요."

공화연은 그를 따라 아담한 연못을 갖춘 정원을 지나갔다.

골짜기를 흐르는 물을 막아 만든 연못엔 기화요초가 뿜어내는 향기가 진동했다.

탐스런 달빛에 화초의 향기까지 더해지니 산장은 온통 때 아닌 춘색이 만연했다.

어쩌면 공화연의 심경이 그런 기분을 느끼게 했는지도 모른다.

긴 회랑을 따라가다 어느 방문 앞에 멈춰 선 노인이 말했다.

"기다리던 분이 오셨습니다."

"모셔라."

"들어가시지요."

노인이 말을 하더니 문을 열어주었다.

공화연이 들어가자 문은 뒤에서 스르륵 닫혔다.

그 소리가 천둥이 치기 직전의 울림처럼 느껴졌다.

처음 느낀 것은 방 안에 가득한 정체 모를 향이었다.

마치 꿈을 꾸는 듯 아련한 미향.

어스름한 등촉불 아래 배인걸의 모습이 보였다.

산해진미가 가득 쌓인 탁자를 앞에 두고 그는 혼자 술잔을 기울이는 중이었다.

"앉으시지요."

배인걸이 손을 뻗어 맞은편 의자를 가리켰다.

공화연은 떨리는 가슴을 진정시키며 배인걸과 마주 앉았다.

그와 마주 앉는 것만으로도 구역질이 치밀 지경이었다.

배인걸이 황금으로 만든 주담자를 들어 공화연의 앞에 놓인 황금 잔에 술을 따랐다.

주담자와 잔뿐만이 아니었다.

탁자 위에 놓인 식기들 전부가 싯누렇게 빛나는 황금이었다.

　구룡장이 가장 성세를 떨치던 시절에도 황금 식기로 술을 마시는 호사는 누리지 못했다.

　금실로 수를 놓은 배인걸의 장포도 마찬가지였다.

　공화연은 배인걸과 홍인방이 오늘날 얼마나 호화스런 생활을 누리는지 알 수 있었다.

　모두가 마도의 앞잡이로 사는 대가다.

　음흉하다는 배인걸의 상재가 시대를 만난 것이다.

　"오시는 동안 불편함은 없었는지요?"

　"덕분에요."

　"낭자의 입장을 고려해 사람들을 모두 물렸습니다. 지금 이 산장엔 우리 두 사람과 시중을 드는 평 노인을 제외하고는 아무도 없지요."

　"배려에 감사드립니다."

　"외려 제가 감사하지요. 이렇듯 어려운 청을 받아들여 주시니."

　공화연은 자신의 앞에 놓인 잔을 들어 슬쩍 한 모금을 마시고는 말했다.

　"한 가지 궁금한 게 있어요."

　"뭐든 말씀해 보십시오."

　"왜 제게 정식으로 청혼을 하지 않는 거죠?"

　배인걸은 조금도 당황하는 기색이 없이 슬며시 웃었다.

　"그것 때문에 언짢으셨군요."

　"공자께서 정식으로 매파를 보내 청혼을 했더라면……."

"제가 청혼을 하면 받아주시겠습니까?"

"하지만 이 밤을 보낸 후 공자를 보지 않는 일은 없었을 거예요."

"후훗, 그것도 그렇군요."

배인걸은 자신의 잔에 담긴 술잔을 비운 후 다시 말을 이었다.

"낭자께서는 저를 어떻게 보십니까?"

"무슨 말씀인가요?"

"전 하상도 같은 부류와는 다릅니다. 지금의 홍인방으로는 만족하지 못하지요."

"홍인방을… 더 크게 키우실 생각이라는 건가요?"

"천하제일상방, 그게 제 목표입니다. 그러기 위해선 든든한 뒷배가 필요합니다."

"혹, 녹수파파의 제자를 염두에 두고 있는 건가요?"

배인걸은 대답 대신 가벼운 미소만 지을 뿐이었다.

"그렇군요. 마도의 눈치를 보며 겨우 명맥만 유지하고 있는 구룡장은 눈에 차지 않겠군요."

"하지만 낭자를 좋아하는 마음만큼은 진심입니다."

"불행하게도 전 공자께 조금도 마음이 있지 않답니다."

"후훗, 알고 있습니다. 아쉽지만 하룻밤의 정으로 만족하겠습니다."

"저를 품는 대가는 비싸요."

"무엇을 원하시는지?"

"우선 구룡장이 금문전장에 진 빚을 탕감해 주세요."

"어렵지 않습니다."

"그리고 북천방을 주세요."

"……!"

"안 되나요?"

"진심이군요."

"기왕 이렇게 됐으니 저도 실속을 챙겨야지요."

"후후, 알겠습니다. 그리하지요."

"생각보다 대답이 수월하게 나오는군요."

"하상도보다야 낭자의 상재가 훨씬 뛰어나니 저와 홍인방에도 도움이 될 겁니다."

공화연은 슬그머니 창 쪽을 향해 고개를 돌렸다.

달빛이 쏟아져 들어오는 창문 아래 잠자리 날개 같은 휘장과 비단 금침이 보였다.

공화연의 볼이 발개졌다.

배인걸은 눈치가 빠른 사람이었다.

그는 공화연이 무언의 언질을 준 것을 알아차리고 자리에서 일어나 공화연을 일으켜 세웠다.

공화연은 잠시 움찔했지만 이내 그의 손길을 따라 침대로 다가갔다.

배인걸이 손을 뻗어 공화연의 볼을 만졌다.

뱀 같은 배인걸의 손이 목덜미를 따라 가슴까지 내려왔다.

"잠깐."

“……?”

“전… 처음이에요.”

눈치도 빠른데다 많은 여자를 섭렵한 배인걸은 이번에도 단숨에 공화연의 말을 알아들었다.

“하긴 달빛 아래에서 운우지정을 나누는 것도 좋지요.”

배인걸이 손을 뻗자 한 가닥 지풍이 뻗어나가 등촉을 꺼뜨렸다.

창문의 얇은 종이를 투과해 들어오는 어슴푸레한 달빛을 받으며 배인걸이 공화연을 침대로 잡아끌었다.

배인걸의 손이 옷깃에 닿는 순간 공화연이 그의 손을 잡았다.

“제가… 벗을게요.”

“정히 그러시다면야.”

“뒤로 돌아서 주세요.”

“이런, 낭자의 나신을 감상할 수 있는 기회도 주지 않으시려는 겁니까? 이거참.”

이제 공화연을 완전한 자기 여자로 만들었다고 생각하는지 배인걸의 말은 도색적이기 짝이 없었다.

공화연은 역겨움에 치를 떨었지만 이를 악물고 참았다.

이윽고 배인걸이 돌아서자 공화연은 천천히 옷을 벗기 시작했다.

사각사각. 털석.

상의 한 자락이 바닥으로 떨어져 내렸다.

“꿀꺽!”

배인걸이 침을 삼키는 소리가 들렸다.

사내의 이성이 마비되는 소리였다.

더불어 경계심도 느슨해지는 순간이다.

공화연은 잠시 숨을 가다듬고는 품속에서 무언가를 뽑았다.

비수였다.

배인걸을 죽인 후 스스로도 자결을 하기 위해 가져온 비수.

그녀는 알고 있었다.

배인걸의 탐욕이 이번 한 번만으로 끝나지 않으리라는 걸.

그리고 그때마다 들어주지 않으면 배인걸은 평생 구룡장을 볼모로 자신을 짓밟으리라는 걸.

그렇게 살지 않기 위해서는 배인걸을 죽이고 자신도 죽는 수밖에 없었다.

‘아버지, 죄송해요.’

그녀가 마음속으로 유언 같은 한마디를 하고는 비수를 높이 치켜들었다.

그 순간 천장에서 검은 그림자 하나가 뚝 떨어져 내렸다.

“앗!”

공화연은 단말마와 함께 황급히 몸을 비틀었다.

바깥으로 호선을 그리며 배인걸의 옆구리를 노린 것이다.

그때쯤엔 그림자가 뻗은 예리한 장도가 공화연의 목에 닿아 있었다.

이대로 비수를 찌르면 자신의 목숨을 내놓아야 할 판.

반면에 배인걸의 목숨을 취할 수 있었다.

공화연은 조금의 망설임도 없이 비수를 찔렀다.

이 순간을 놓치면 다시는 기회가 오지 않을 거라는 걸 알기 때문이었다.

그림자의 전신에서 살기가 짙어지더니 공화연의 목을 그으려 했다.

"살려라!"

배인걸의 외침.

그는 소리를 버럭 지르고는 귀신같은 손놀림으로 공화연의 비수를 낚아채려 했다.

생각지도 못한 빠른 반응이다.

이미 첫 번째 기회를 놓친 공화연은 황급히 손목을 꺾어 비수의 방향을 틀었다.

이렇게 된 이상 배인걸의 동맥이라도 자를 심산이었다.

하지만 공화연은 더 이상 움직일 수 없었다.

등줄기부터 올라온 한줄기 기운이 순식간에 공화연을 뻣뻣하게 만들었기 때문이다.

그림자가 공화연의 마혈을 짚은 것이다.

순간, 중심을 잃고 넘어지는 공화연을 그림자가 낚아챘다.

그가 공화연을 똑바로 세우는 동시에 배인걸의 손바닥이 날아왔다.

짝!

"네년이 감히!"

따귀를 맞은 공화연의 입가에서 붉은 선혈이 흘러내렸다.

"퉤, 이 더러운 자식!"

"그래도 이년이!"

짝!

감정이 실린 배인걸의 따귀에 공화연의 목이 팩 돌아갔다.

그녀는 망연자실한 얼굴이 되었다.

배인걸을 죽이지도 못하고 산 채로 잡혔으니 이제 차마 입에 담기조차 힘든 치욕을 당하리라.

"어떻게 할까요?"

흑의 경장을 입은 그림자가 물었다.

배인걸이 마도로 전향한 이후 그를 노리는 협객들이 많았다.

그림자 무사는 그런 배인걸을 지키기 위해 항시 열 걸음 안에서 호위하는 비영단(秘影團)의 단주였다.

비영단은 배인걸의 호위를 위해 특별히 선발된 무인들로, 모두가 절정의 무공을 지닌 고수들이었다.

배인걸은 바로 그 비영단주가 보는 앞에서도 공하연과 방사를 치를 작정이었던 것이다.

이 순간만큼은 그들을 물렸을 줄 알았더니.

공화연이 밀려오는 역겨움에 치를 떠는 사이 배인걸이 말했다.

"산장에 몇 명이나 있지?"

"비영단 정예 이십이 모두 대기하고 있습니다."

"모두들 불러라. 내 먼저 이 계집을 취하고 너희들에게도 항주 최고의 여자를 품을 기회를 주겠다."

"존명!"

그림자 무사가 바깥으로 나가자 배인걸은 한 마리 성난 야수로 돌변했다.

옴짝달싹할 수 없는 공화연의 머리채를 잡더니 침대로 질질 끌고 가서 내팽개쳤다.

배인걸은 힘없이 쓰러진 공화연의 옷을 거칠게 찢으며 말했다.

"건방진 년. 평생 사내라곤 품어본 적이 없지? 오늘 실컷 품게 해주마. 망할 년! 언제나 고상한 척하며 속으로는 나를 업신여기는 네년을 볼 때마다 이 순간이 오기를 기다렸다."

"제발 그만… 그만!"

"어림없는 소리. 지금 맡고 있는 이 향이 무엇인지 아느냐? 강호제일의 채화공자에게서 얻은 음양몽(陰陽夢)이다. 어떠냐, 마치 꿈을 꾸는 듯 몽롱하지 않느냐? 밤새 선계에서 지옥과 천국을 오가다 보면 사내의 진 맛을 알게 될 것이다. 그리곤 밤마다 나를 찾아와 안아달라고 징징대겠지. 망할 년! 넌 영원히 내 것이다!"

공화연은 치욕스러움에 온몸을 부르르 떨었다.

이 순간 생각나는 건 죽음뿐이었다.

혀를 깨물면 이 부질없는 생이 끝나는 것이다.

사람의 목숨이란 이토록 가볍다.

공화연은 눈을 질끈 감고 혀를 깨물려고 했다.

그 순간 어쩐 일인지 옷을 찢던 배인걸의 손이 갑자기 멈췄다.

동시에 느껴지는 지독한 한기.

방 안이 온통 얼음장처럼 차가워졌다.

더불어 온몸을 나른하게 만들던 향도 거짓말처럼 사라졌다.

배인걸이 떨고 있었다.

솜털 하나하나까지도 떨고 있는 그의 두려움이 온몸을 통해 전해졌다.

도대체 뭐가 어떻게 된 건지 알 수 없었다.

이어 들려오는 배인걸의 공포에 질린 목소리.

"누, 누구……."

들려오는 대답 소리는 더욱 차갑고 싸늘했다.

"일어서라."

배인걸이 공화연의 몸에서 떨어지며 천천히 몸을 일으켰다.

그제야 공화연은 배인걸의 목에 검이 붙어 있다는 걸 알아차렸다.

연기에 검을 쐬어 빛을 죽인 암검(暗劍).

이런 종류의 검을 사용하는 부류는 하나밖에 없다.

살수.

검신을 따라 시선을 옮기던 공화연은 하마터면 비명을 지를 뻔했다.

어둠 속에서 한 쌍의 불빛이 배인걸을 응시하고 있었기 때문이다.

그 불빛과 마주치는 순간 온몸의 피가 거꾸로 도는 듯한 전율을 느꼈다.

맹세코 이처럼 위험한 분위기를 풍기는 불빛은 처음이었다.

그가 말했다.

"직접 하시겠소?"

공화연에게 묻는 말이었다.

무슨 말인지를 몰라 망설이는 사이 그가 비수 한 자루를 내밀었다.

조금 전 공화연이 배인걸을 죽이려다가 실패한 바로 그 비수였다.

그제야 공화연은 그림자의 의도를 알아차렸다.

더불어 적이 아니라는 것도.

공화연은 살며시 손을 내밀어 비수를 받아 들었다.

"사, 살려주시오!"

뒤늦게 상황을 알아차린 배인걸이 다급한 목소리로 외쳤다.

그림자는 아무런 말이 없었고 비수를 든 공화연의 손만이 떨렸다.

그녀는 이제껏 무방비 상태의 사람을 죽인 적은 한 번도 없었다.

아무리 철천지원수라고는 하나 이런 식의 살인은 힘들었다.

"내가 할 수도 있소."

그림자가 말했다.

“아니에요. 제가… 제가 할게요.”

푹!

그녀의 비수가 배인걸의 배를 찔렀다.

“……!”

놀란 배인걸이 두 눈을 부릅뜬 채 자신의 심장에 박힌 비수를 보았다.

붉은 피가 콸콸 흘러나와 공화연의 하얀 손목을 적셨다.

놀란 공화연이 황급히 비수를 버리고 두어 걸음 물러났다.

방 안엔 어느새 혈향이 가득했다.

그제야 배인걸의 목에 붙어 있던 그림자의 검이 떨어졌다.

자유의 몸이 된 배인걸이 기우뚱거리며 뒤로 물러났다.

“누군지 모르지만 실수… 하는… 거다.”

털썩!

쓰러지기 직전 배인걸이 남긴 마지막 말은 그림자를 향한 경고였다.

공화연은 충격으로 다시 몇 걸음을 물러나 침대에 털썩 주저앉았다.

그림자가 흩어진 공화연의 옷가지를 주워 천천히 다가왔다.

그가 달빛이 비치는 창가로 다가오면서 형체가 점점 드러났다.

흑의 장삼에 죽립을 쓴 사내.

공화연이 조금 전 본 그 사나운 불빛은 죽립 아래로 드러난 사내의 눈빛이었다.

사내의 전신에서 뿜어져 나오는 기도에 완벽히 압도당한 공화연은 젖 먹던 힘까지 짜내 물었다.

"성함을……."

사내는 대답 대신 죽립을 벗었다.

달빛 아래에 드러난 그 얼굴을 보는 순간 공화연은 이번에야말로 온몸의 힘이 빠져나가는 것 같았다.

사내는 눈동자가 없는 장님이었다.

그렇다면 조금 전 그녀가 본 그 모골이 송연한 불빛의 정체는 뭐란 말인가.

그녀는 두려움에 황급히 고개를 숙였다.

차마 그와 마주 볼 용기가 생기지 않았기 때문이다.

"이 은혜를 어떻게 갚아야 할지."

"이미 여러 번 신세를 졌습니다."

"……?"

"저를 모르시겠습니까?"

"……?"

공화연이 다시 고개를 들어 사내를 보았다.

떨리는 가슴을 가다듬고 요모조모 뜯어보니 어딘가 낯이 익긴 했다.

그러다 그의 강인한 턱 선에 이르러 불현듯 한 사람의 이름이 떠올랐다.

"표자룡!"

"오랜만입니다."

"다, 당신이 어떻게?"

"얘기를 하자면 깁니다."

"그래요. 차차 얘기하고. 우선 여기를 빠져나가요. 곧 비영단의 무사들이 몰려올 거예요. 그들은 잔인하고 무서운 자들이에요."

공화연은 자신도 모르게 표자룡의 손을 잡아끌고는 문가로 향했다.

아니나 다를까, 바깥에서는 한 무리의 사람들이 횃불을 든채 대기하고 있었다.

화들짝 놀란 공화연은 황급히 뒤로 물러섰다.

한데 무언가 좀 이상했다.

저 많은 사람들 중 서 있는 사람은 넷. 나머지는 모두 바닥에 쓰러진 채 옴짝달싹하지 않았다.

그 수가 무려 스무 명 가량이나 되었다.

역한 피 냄새가 진동하는 걸 보니 이미 죽어도 진즉에 죽은 사람들이었다.

"다, 당신들은 누구죠?"

공화연이 죽립을 눌러쓴 채 서 있는 네 사람에게 물었다.

그 순간 저만치에서 쇠몽둥이를 든 엄청난 거인 하나가 두 구의 시체를 질질 끌고 와서 다른 시체들이 있는 곳에 툭, 던지며 말했다.

"이놈들이 마지막입니다."

공화연은 그 덩치가 누구인지 단번에 알아보았다.

세상에 저만한 덩치에 대초자곤을 애병으로 쓰는 사람은 많
지 않았다.

더구나 표자룡과 함께 등장한 사람이라면.

"헤헤, 공 소저, 오랜만입니다. 그동안 많이 예뻐지셨네요."

한 사내가 죽립을 쓰윽 벗으며 말했다. 공춘보였다.

"거차암, 말을 해도."

"뭐가?"

"됐소. 공 소저, 별일 없으셨는지요?"

하풍달도 죽립을 벗으며 인사했다.

"오랜만이에요."

은서령도 죽립을 벗었다.

마지막 한 사람이 천천히 죽립을 벗었다.

그다.

꿈에서도 잊지 못하던 그가 지금 이 순간 그녀 앞에 나타났
다.

공화연은 가슴이 복받쳐 올랐다.

사라졌던 금룡문의 제자들이 그녀 앞에 나타난 것이다.

예전과는 다른 분위기로.

"그랬군요. 난 그런 줄도 모르고. 항주에는 금룡문과 북망
동의 사람들이 모두 폭풍을 만나 수장됐다는 소문이 돌았어
요. 당신들이 바다로 나간 그날 밤 십 년에 한 번씩 오는 큰 폭
풍이 불었거든요."

은서령의 설명을 들은 후 공화연이 한 말이었다.

"항주가 많이 바뀌었군요."

"배인걸이 놈들의 수족을 자처하면서 항주 상계가 어지러워졌어요. 그 혼란은 말도 못해요."

"금룡문은 어떻게 됐습니까?"

두 사람의 대화에 용악산이 불쑥 끼어들었다.

어쩐 일인지 공화연은 선뜻 대답을 못했다.

용악산은 중언부언 묻지 않고 계속 그녀를 바라보기만 했다.

그 압박을 감당하지 못한 공화연이 천천히 입을 열었다.

"금룡문은 현재 천마신교의 항주 지부로 쓰이고 있어요. 항주를 통틀어 가장 크고 높은 장원이잖아요."

"이런 후레자식들이 감히!"

공춘보가 벌떡 일어서며 침을 튀겼다.

"그렇게 일어나면 어쩌겠다는 거요? 혼자 쳐들어가기라도 하겠다는 거요?"

하풍달이 물었다.

"못할 건 또 뭐 있냐? 내 당장 가서 도적놈들을 모조리 쫓아내고 오마."

"알았소. 알았으니까 일단 공 소저 얘기나 더 들어봅시다."

하풍달이 만류하자 공춘보는 못 이기는 척 다시 앉았다.

용악산이 공화연에게 다시 물었다.

"지부장이 누구입니까?"

“지옥혈마예요. 그가 철갑기마병 오십을 이끌고 상주하고 있죠.”

용악산은 잠시 생각을 하더니 사형제들에게 말했다.

“누가 가겠느냐?”

아마도 지옥혈마의 목을 누가 따올지를 두고 묻는 것 같았는데, 모두가 한 사람을 보았다.

표자룡이었다.

표자룡이 당연하다는 듯이 고개를 끄덕였다.

사태가 이상하게 돌아가는 것을 알아차린 공춘보가 말했다.

“잠깐. 모두 함께 장원으로 쳐들어가는 게 아닌가요? 여기까지 와서 우리 집에도 들르지 않고 가려고요?”

“이런 답답하기는. 지금 이 상황에서 장원을 탈환하면 놈들이 우리가 살아 있는 걸 눈치 채지 않겠소? 장원을 되찾는 건 천마신교를 무너뜨리고 난 후에 해도 늦지 않소.”

하풍달이 말했다.

“하지만 배인걸과 그 수하들이 죽은데다 지옥혈마까지 죽으면 놈들이 이상하게 생각할 텐데.”

“어느 협객이 단죄를 했나 하겠지 뭐. 하지만 금룡문을 통째로 탈환해 차지하고 앉아 있으면 단번에 우리라는 걸 알 거요.”

“그런가?”

공춘보가 머리를 긁적긁적하며 한발 물러났다.

그때 공화연이 말했다.

"한 가지 문제가 더 있어요. 금룡문에 두 명의 고수들이 더 있어요."

"그들이 누구죠?"

은서령이 물었다.

"단소운과 녹수파파."

"그 사람들이 왜 아직도 항주에 있는 거죠?"

"소소한 일들은 지옥혈마에게 맡기고 자신들은 해왕문의 본거지를 찾기 위해서죠. 항주에는 과거 해왕문의 해적들과 내통했던 사람들이 많아요. 오래 전부터 은밀히 그들을 감시하는 한편 해적들의 출몰을 기다리고 있었던 것 같아요."

"하지만 찾지 못했군요."

"그럴 밖에요. 해왕문의 본거지를 아는 사람도 없거니와 지난 일 년 동안 해적 행은 한 번도 없었으니까요."

은서령이 고개를 돌려 용악산을 바라보았다.

어떻게 해야 할 지를 묻는 것이다.

용악산은 표자룡을 보며 말했다.

"일다경을 주겠다."

그것으로 세 사람의 운명이 결정되었다.

정확히 일다경 후 표자룡은 땀 한 방울 흘리지 않는 모습으로 세 사람의 수급을 가져왔다.

지옥혈마, 단소운, 녹수파파였다.

第九章

천마궁(天魔弓)

天山刀客

구룡산맥(九龍山脈)은 사천과 섬서의 경계를 이루며 서북과 동남으로 달리는 거대한 산맥이다.

대륙의 중심에 위치해 천하의 어느 곳을 향하든 가장 빠른 시간에 갈 수 있는 곳.

천마신교가 이곳 구룡산맥에 백년대계의 새로운 터전을 마련한 것은 바로 이러한 지정학적인 위치 때문이었다.

구룡산맥 중에서도 가장 높은 봉우리를 품고 있는 대파산(大巴山)은 분주하기 짝이 없었다.

북천마제가 신탁을 받아 인간의 탈을 벗는 날이기 때문이었다.

이미 불사지체를 이룬 몸이니 마인들에겐 이미 숭배의 대상이었다.

더불어 천마신교의 오랜 숙원이었던 무림 일통의 대업이 북천마제의 이름으로 이루어지는 날이기도 했다.

오늘을 위해 장산벽은 한 달 전 중원무림을 대표하는 백대문파를 선정하며 무림첩을 보냈다.

—천마신교의 천세를 기원하는 자, 성의를 보이라!

이 말은 곧 사절단을 보내지 않는 자들은 천마신교의 권위를 부정하는 것으로 간주하겠다는 뜻이었다.

이미 저들의 무서움을 경험한 문파들이 어찌 모른 척할 수 있겠는가.

대파산 정상에 자리한 천마궁(天魔宮)은 지금 백대문파에서 온 사절단으로 인산인해를 이루었다.

한 문파에서 열 명씩만 보내도 무려 일천 명이다.

하지만 사절단의 숫자는 그 두 배가 훨씬 넘었다.

홍인방처럼 눈치 빠른 문파가 세상이 바뀌었음을 실감하고 과도한 공물과 사절단을 보내왔기 때문이다.

그들은 어떤 식으로든 천마신교에 줄을 대어 새로운 질서를 만드는 데 동참하고 싶어 안달이 났다.

이런 경향은 오랫동안 구대문파나 오대세가의 그늘에 가려 웅지를 펴지 못한 중소 문파들에게서 두드러졌다.

그에 반해 구대문파나 오대세가에서는 한두 명의 인원으로 체면은 차리되 크게 동조하지 않는 듯한 인상을 보였다.

구룡장도 백대문파에 뽑혔고 수십 명의 사절단을 보냈다.

대륙은 넓고 문파는 많다.

구룡장이 항주에서 제왕처럼 군림했지만 그건 과거의 일이다.

또한 대륙 전체로 보자면 백대문파에 이름을 올리기에는 아무래도 어렵다.

한데도 장산벽은 구룡장에도 무림첩을 보냈다.

구룡장에서 한동안 묵었던 인연으로 그들에게 자신의 위상을 보이고 싶었나 보다.

어쨌든 덕분에 용악산은 구룡장의 호위무사로 위장하여 이곳 천마궁에 잠입할 수 있었다.

"참으로 웅장하지 않소? 어떻게 일 년 만에 이런 거대한 궁을 지을 수 있는지. 천마신교의 저력이 대단하긴 한가 보오. 안 그렇소?"

화려한 부호의 옷차림을 한 사내 하나가 다가와 용악산에게 말을 걸었다.

아무리 변복을 하고 변장을 해도 평생을 함께한 사람들에게는 속일 수 없는 것이 있다.

특유의 기운이다.

"어떻게 됐어?"

부호는 씨익 웃더니 주위를 한번 둘러보고는 더욱 작은 소리로 말했다.

“제가 누굽니까? 당연히 찾았지요.”
“지금 어디에 있지?”
“기다리시면 만나게 될 겁니다.”
“좋아. 잠시 후 너희들의 지원이 필요할 것이다.”
“신호만 주십시오.”
“좋아. 가서 대기하도록.”
“그럼.”
부호는 석승이었다.
석승이 다른 이들의 이목을 끌지 않도록 가볍게 고개를 숙이고는 군중들 속으로 사라졌다.
용악산은 사방을 둘러보았다.
어딘가에 자신의 수하들 백 명이 대기하고 있다니 마음이 든든했다.
그때 공춘보가 주위를 두리번거리며 말했다.
“저건 화산의 도사들이고, 저건 무당의 도사들이고… 헉! 소림사에서도 스님을 보냈네. 확실히 세상이 바뀌긴 바뀐 모양이네.”
“쉿, 조용히 하시오. 누가 듣기라도 하면 어쩌려고 그러오?”
하풍달이 말했다.
“들으면 들으라지. 도사를 도사라고 그러고, 스님을 스님이라고 그러는데 뭐가 문제야.”
“우린 어디까지나 구룡장의 호위무사로 온 거요. 행여 의심이라도 받으면 큰일이오.”

"그러니까, 내가 무슨 말을 했다고 그러냐고."

"거차암, 말귀도 못 알아듣는다. 딱히 뭔 말을 해서가 아니라 공 사형이 평소에 하는 언행을 알기 때문에 노파심에서 하는 말 아니오?"

"이 자식이 보자보자 하니까 사형 보기를 아주 개……."

공춘보가 콧구멍을 벌름거리며 무슨 말인가를 더 했지만 어디선가 들려오는 뿔 나팔 소리에 묻혀 버렸다.

뿌우우우!

"…로 보네. 앙?"

"뭐라는 건지 원."

하풍달은 새끼손가락으로 귓구멍을 후벼 파면서 저만치 용악산의 근처로 가버렸다.

부아가 머리끝까지 치밀어 오른 공춘보가 입에 게거품을 물고 달려갔다.

하지만 갑자기 찬물을 끼얹는 듯한 좌중의 침묵에 우뚝 멈춰 서고 말았다.

사람들의 시선이 향하는 곳을 보니 내궁(內宮)으로 이어진 거대한 철문이 열리고 그 사이로 번쩍이는 황금빛 갑옷에 시퍼런 언월도로 무장한 백여 명의 무인들이 일렬로 달려나오고 있었다.

척! 척! 척! 척!

평소 은색의 철갑으로 무장한 철갑기마대와는 차원이 달랐다.

뻗어 나오는 기도는 사나웠으며 위용은 능히 천군만마를 거
느리는 장수들 같았다.

그들 백 명이 하나같이 일사불란하게 달려나오더니 양쪽으
로 늘어서며 길을 만들었다.

"예로써 대종사를 맞으시오!"

누군가 우렁우렁한 사자후를 토해냈다.

모두 일어서서 북천마제를 맞으라는 소리다.

감히 거역을 못한 군중들이 일제히 일어났다.

잠시 후 황금근위대가 만든 길 사이로 한 노인이 걸어나왔
다.

육 척 장신에 떡 벌어진 어깨, 백발의 수염이 배꼽까지 내려
오는 노인이었다.

전신을 두른 황금빛 용포는 이승의 그것이 아닌 듯 신비스
러워 보였다.

때마침 그의 등 뒤로 해가 뉘엿뉘엿 넘어가고 있었다.

덕분에 노인의 그림자가 군중들을 향해 길게 뻗었다.

그 순간 군중들은 노인의 모습에서 거인을 보았다.

천하를 움켜쥔 거인. 무림이 탄생한 이래 그 누구도 지녀보
지 못한 절대권력을 지닌 존재.

"그가 북천마제인가요?"

곁에서 은서령이 물었다.

"그렇다. 대종사께서 서거하신 이후 명실공히 천하제일의
도수지."

"북검성 이장도 전 맹주님과 비교하면요?"

"천하제일검과 천하제일도의 대결이라… 볼만하겠군."

북천마제는 장산벽과 궁마왕을 대동하고 청석판이 깔린 길을 따라 거대한 제단을 향해 걸어갔다.

황금 갑옷을 입은 일백의 근위대가 철통같은 경계를 펼치며 뒤를 따랐음은 물론이다.

제단의 한가운데는 엄청난 규모의 청동화로가 놓여 있었다.

가히 어지간한 탑을 방불케 하는 크기와 높이였다.

저 많은 청동을 어디에서 구해 어떻게 녹였을까 싶을 정도로 엄청난.

잠시 후 다섯 명의 사내가 거대한 청동화로에 어울릴 만큼 커다란 횃불을 극히 조심스럽게 가져왔다.

특이하게도 가을 하늘처럼 파란 불꽃을 뿜어내는 횃불이었다.

무게만도 족히 몇백 근은 될 것 같은데, 놀랍게도 북천마제는 그것을 한 손으로 번쩍 치켜들며 군중들을 향해 외쳤다.

"이 불은 천마신교가 태동한 천산 주봉에서 가져온 것이다. 신성한 설원의 태양으로부터 채화한 이 빛을 다시 이곳에서 발화하고자 하니… 광명의 빛이여, 천 년 동안 꺼지지 않으리라!"

"천세, 천세, 만만세!"

천마궁 곳곳에 퍼져 있던 교도들이 찌를 듯이 함성을 질렀다.

　중원무림을 대표하는 백대문파의 무인들이 지켜보는 가운데 중원 땅에서 천마신교의 부활을 알리니 어찌 감격스럽지 않겠는가.

　그때 놀라운 일이 일어났다.

　북천마제가 횃불을 향해 한 손을 뻗자 활활 타오르던 불덩이가 두둥실 떠올라 곧장 청동화로를 향해 날아갔다.

　그 순간 군중들 틈에서 누군가 비명처럼 외쳤다.

　"입신지화(入神之火)!"

　마도에 내려오는 전설 하나.

　오직 인간의 육체를 벗은 자만이 신의 불을 신의 길을 통해 옮길 수 있다.

　불은 태고의 시절부터 신이 준 선물이다.

　고래로 불은 제사장만이 다룰 수 있는 신성한 것.

　군중들은 북천마제의 무공이 이미 무신의 경지에 이르렀음을 실감했다.

　퍼엉!

　화라라라락!

　청동화로에 불덩이가 떨어지자마자 불길은 순식간에 섬뜩한 소리를 내며 십 장 높이로 타올랐다.

　그 모습이 꼭 화룡이 울부짖으며 승천하는 것 같았다.

　불길이 치솟자 사방엔 또 한 번 함성이 터졌다.

　저 거대한 불길을 꺼뜨리지 않고 천 년을 타오르게 하겠다는 발상이 대단했다.

"배포 한번 대단한데요. 저 불을 매일 같은 높이로 지피려 면… 휴우, 맹화유가 얼마나 들려나."

공춘보가 혼잣말처럼 했지만 모두가 비슷한 생각이었다.

청동화로가 지닌 상징성이 아무리 대단하다 한들 저렇게나 광오한 생각을 할 줄이야.

이건 무림맹도 하지 못한 일이었다.

사절단으로 온 중원무림인들로서는 이래저래 착잡한 순간 이었다.

그때 아주 기묘한 일이 벌어졌다.

때마침 해가 지고 어둠이 찾아왔지만 드넓은 연무장엔 청동 화로가 뿜어내는 빛으로 인해 대낮처럼 밝았다.

광명의 빛이 온 세상을 비출 거라는 것을 암시라도 하는 것 처럼.

분위기가 한껏 무르익은 가운데 북천마제는 청동화로의 앞 에 놓인 커다란 태사의에 앉았다.

일백의 황금근위대가 그의 뒤로 병풍처럼 둘러쌌다.

군중들이 술렁거리기 시작했다.

무쇠도 녹일 듯한 열기가 느껴질 텐데도 눈썹 하나 까딱하 지 않은 저들의 무공에 기가 질린 것이다.

도대체 북천마제는 얼마나 대단한 능력을 지녔기에 저런 고 수를 일백이나 길러낸 것일까.

더구나 근위대에 불과한 것을.

근위대가 자리를 잡자 이번엔 제단의 아래쪽에서 특이한,

그러나 화려하기 짝이 없는 복색을 한 여덟 명의 노인이 천천
히 제단을 오르기 시작했다.

흑룡부군과 녹수파파가 빠진 칠마종이었다.

그들은 북천마제의 발아래 엎드리더니 대례를 올린 후 충성
을 맹세했다.

그들 중에는 궁마왕도 있었다.

그를 발견한 용악산과 일행들의 표정이 굳어졌다.

특히 표자룡의 눈동자에서는 줄기줄기 화염이 쏟아져 나오
고 있었다.

살기였다.

잠시 후에는 장산벽이 비단 보루에 빛나는 칼 한 자루를 얹
어 가져왔다.

그는 모든 군중들이 보는 앞에서 이렇게 외쳤다.

"이 칼은 본시 천산 주봉에서 운명하신 전 대종사 백발마존
천제강의 보도로, 천마신교를 대표하는 신물이다. 이제 보도
를 나의 사부이신 북천마제께 바쳐 천마신교의 대맥을 잇고자
하니 천마군림도를 알현하는 자는 모두 무릎을 꿇을 지어다!"

장내에는 숨 막힐 듯한 긴장감이 흘렀다.

장산벽은 북천마제 앞에 이르러 무릎을 꿇더니 두 손으로
공손히 칼을 바쳤다.

북천마제가 자리에서 일어나 칼을 쥐고 높이 치켜들었다.

지이이이잉—!

천마군림도가 길게 울부짖었다.

“대종사를 뵙습니다!”

궁마왕의 선창에 칠마종들이 일제히 무릎을 꿇었다.

뒤를 이어 장내에 자리한 수천의 교도들이 복창을 하며 무릎을 꿇었다.

“대종사를 뵙습니다!”

군중이 만들어내는 웅장한 소리는 대파산 전체를 쩌렁쩌렁 울렸다.

그건 세상의 그 어떤 고수도 만들어낼 수 없는 복종의 힘을 갖고 있었다.

사절단으로 온 중원무림인들의 표정은 어두워질 대로 어두워졌다.

적의 잔치에 찾아와 이런 수모를 겪어야 하는 것 자체가 고역이었다.

특히나 협의를 부르짖던 명문대파들로서는 더욱.

“너무 오래 살았군.”

어디선가 들리는 나른한 목소리에 용악산은 시선을 돌렸다.

저만치 군중들 사이로 누덕누덕 기운 장삼을 입은 거지 노인이 바위에 앉아 탄식을 하고 있었다.

한 손에는 오랜 세월 손때가 묻어 반질반질해진 죽장(竹杖)을 짚었는데, 그 모습이 꼭 죽을 날을 기다리는 촌로가 마을 어귀에 나와 노망난 소리를 하는 것 같았다.

그때 시선을 느낀 거지 노인이 고개를 돌려 용악산을 바라보았다.

용악산 역시 시선을 거두지 않고 그를 바라보았다.

[자넨 누군가?]

노인의 입에서 이 세상의 것이 아닌 듯한 목소리가 흘러나왔다.

넋을 부르는 소리. 초혼령(招魂吟).

그 목소리는 오직 용악산에게만 들렸다.

마치 임종을 맞은 사람에게 찾아와 어서 떠나자고 재촉하는 저승사자의 그것처럼.

[구룡장의……]

[구룡장의 호위무사라는 말은 하지 말게.]

[어떻게 아셨습니까?]

[진짜라면 인피면구를 쓰고 있을 리가 없지.]

[눈썰미가 좋으시군요.]

[늙으면 보이는 것이 많은 법이지.]

[또 무엇이 보이십니까?]

[이상한 땡중을 보내 나를 보자고 한 사람이 자네인 것 같군.]

[아마도 그런 것 같군요.]

[소문에 듣자하니 대종사께서 자네에게 마도백가와 자신의 무맥을 동시에 잇게 했다던데……]

[사실입니다.]

[난 자네를 한 번도 본 적이 없네. 대종사로부터 자네와 같은 후인을 두었다는 언질을 받은 적도 없지. 또한 마도백가의

무학들은 이미 뿔뿔이 흩어져 한두 가지 무공을 익혔다고 해
서 무맥을 이었다고 단정할 수는 없네.]

[천년빙동(千年氷洞)!]

[……!]

[마도백가의 모든 무학을 집대성해 놓은 서고가 있습니다.]

노인의 동공이 급격히 좁아졌다.

[내가 누구인지는 알고 있겠지?]

[천불동(千燬棟) 호소야. 마도백가의 마지막 대장로.]

지금 이곳 천마궁 내에는 천불동을 따르는 마도백가의 무인
들이 산재해 있었다.

[하면 내 앞에서 감히 마도백가를 팔아먹을 경우 어떤 일을
당하게 될지도 짐작할 테지?]

천불동의 목소리는 점점 서늘해졌다.

그가 '가자' 라고 한마디만 하면 영원히 세상과 작별을 고할
것 같은 염력(念力).

마도백가의 무학이다.

[아직도 천하를 꿈꾸십니까?]

[천하라… 뜨거운 여름날 꾸었던 꿈이라고 해두지. 이제는
옛 형제들의 명예를 지켜주고 싶을 뿐이네.]

용악산은 싱긋이 웃기만 할 뿐, 아무런 말도 하지 않았다.

천불동은 그런 용악산의 눈동자를 한동안 뚫어질 듯 쳐다본
후 말했다.

[내가 무엇을 해주길 원하는가?]

조금 전보다 훨씬 부드러워진 목소리.

[잠시 후 제게 활로를 열어주십시오.]

[자네에게 살길을 열어주기 위해 나와 형제들의 목숨을 바쳐라?]

[공생공사(共生共死)하자는 겁니다.]

[무슨… 뜻이지?]

[내가 이곳을 떠난 후 남아서 천마궁을 장악하십시오.]

[대파산 자락에 일만에 육박하는 철갑기마대가 상주하고 있다는 걸 아는가?]

[그들은 제가 유인하지요.]

대화는 거기서 멈췄다.

무슨 생각을 하는지 천불동은 심연 같은 눈으로 용악산을 바라보았다.

용악산은 조용히 고개를 돌려 공화연과 은서령을 차례로 보았다.

결전의 시기가 다가왔음을 짐작한 두 사람이 고개를 끄덕였다.

용악산이 저 멀리 어딘가를 향해 고개를 끄덕였다.

그 순간,

콰앙!

대파산 정상의 본궁으로부터 터져 나온 폭발음.

구름을 뚫을 듯 높다랗게 솟은 본궁의 지붕이 삽시간에 화염으로 휩싸였다.

“적이다!”

“적들이 침입했다!”

뿌우우우우!

뿌우우우우!

다급한 뿔 나팔 소리는 연이어 들려왔고 십종가의 무인들이 본궁을 향해 새까맣게 몰려갔다.

말을 타지 않아 더 이상 기마대라 부를 수는 없었지만 그들은 여전히 철갑으로 무장을 한 상태였다.

그 외중에도 장산벽은 침착했다.

그는 서둘러 명령을 내려 궁내로 진입하는 길목과 요소요소를 차단했다.

적도가 아직 안에 있으니 탈출로는 봉쇄해 마지막 한 명까지 척살하려는 것이다.

졸지에 그물에 갇힌 고기처럼 볼모가 된 군중들은 크게 동요했다.

각자가 사문을 중심으로 모여들었고 서둘러 대책을 논의하기 시작했다.

그때 군중들 속에서 거대한 체구의 한 사내가 북천마제가 있는 제단을 향해 멧돼지처럼 돌진했다.

“우어어어어!”

뱃속으로부터 우러나온 괴성이 모골을 송연하게 만들었다.

채홍만이었다.

“주군을 보호하라!”

황금근위대의 수장이 외쳤다.

백 명의 근위대가 언월도를 앞세우며 북천마제의 앞을 막아섰다.

채홍만은 무지막지한 힘으로 육 척의 대초자곤을 닥치는 대로 휘둘렀다.

꽝! 꽝! 꽝!

후천적 노력으로 일구어진 공력과 타고난 신력이 각각 언월도와 대초자곤을 통해 부딪쳤다.

공력에서는 채홍만이 황금근위대를 따라잡을 수 없었다.

그들의 언월도는 패도적이고 날카로웠으며 잔인했다.

하지만 하늘이 내린 채홍만의 신력을 당해낼 수는 없었다.

모든 초식을 무용지물로 만들어 버리는 천 근의 거력에 황금근위대 다섯이 튕겨 날아갔다.

그럼에도 불구하고 여전히 압도적인 숫자가 남아 있었다.

사방에서 공간을 저미며 달려드는 수십 개의 언월도를 혼자서 당해낼 수는 없었다.

그때 쌍겸을 든 소동 하나가 땅을 가로질러 갔다.

모두들 자신들보다 가슴 하나는 더 큰 채홍만을 상대하느라 위를 올려다보는 사이, 소동은 황금근위대들의 가랑이 사이로 낮게 파고들며 발목과 정강이를 잘랐다.

써걱! 써걱! 써걱!

유소악이었다.

단숨에 진법이 흐트러졌다.

황금근위대의 응수는 빨랐다.

호수에 돌멩이를 던진 듯 구멍 난 공간엔 어느새 물처럼 흘러와 또다시 완벽한 진을 구축했다.

하지만 아까와는 달랐다.

그들은 거인과 난쟁이를 잡기 위해 젖 먹던 힘까지 짜내야 했다.

채홍만과 유소악은 경이적인 합격술로 백 명의 황금근위대를 뚫고 있었다.

광오하게도 단 두 명이 북천마제의 목숨을 노렸다는 생각에 모두가 어이없어 하고 있을 때, 용악산이 또다시 어딘가를 향해 고개를 끄덕였다.

순간, 군중들 틈에서 흐릿한 형체 하나가 혼전이 벌어지고 있는 황금근위대 위를 날아갔다.

그 순간 북천마제가 앉은 자리에서 쌍장을 뻗었다.

가공할 경력이 허공을 향해 폭출되었다.

퍼엉!

웅장한 소리와 함께 허공의 한 지점이 마치 통째로 뒤흔들리는 듯했다.

허공을 날던 그림자는 그 폭발력이 만들어내는 무형의 장막에 부딪쳐 땅으로 떨어지고 말았다.

황급히 자세를 바로 하고 검을 뽑아 든 그림자는 표자룡이었다.

"감히 어떤 놈이!"

인피면구를 쓴 표자룡을 알아보지 못한 장산벽이 칼을 뽑아 들고 달려갔다.

삽시간에 두 사람의 공방이 벌어졌다.

하지만 십여 초식을 겨루는 동안 칼은 한 번도 부딪치지 않았다.

격돌이 없으니 상대의 무공을 짐작할 수가 없었다.

더불어 우열을 논할 수도 없었다.

장산벽의 얼굴이 딱딱하게 굳었다.

빙백신공은 내가공부다.

화산처럼 폭발하는 공력을 백팔염라도에 담아냈건만, 단 일검만 부딪쳐도 놈의 팔 전체에 경력을 흘려보내 뼈마디를 부숴놓을 수 있건만.

놈은 그런 기회를 허락하지 않았다.

호롱불처럼 깜빡이며 사라지는 신형과 가공할 속도의 쾌검이 만들어내는 조화는 검과 무인이 완벽히 하나된 환검이었다.

상황이 심상치 않다는 걸 깨달은 궁마왕이 수하에게 명령했다.

"대파산에 있는 전 병력을 소집하라! 어서!"

뿌우우우! 뿌우우우!

여섯 방향에서 동시에 뿔 나팔 소리가 울려 퍼졌다.

대파산 자락에 흩어져 있는 일만의 철갑병을 부르는 소리였다.

잠시 후 산이 통째로 흔들리며 산자락에 흩어져 있던 철갑
병들이 몰려오기 시작했다.

용악산이 천불동을 향해 말했다.

"잠시 시간을 끌어주시겠습니까?"

"어쩔 셈인가?"

"북천마제에게 볼일이 좀 있습니다."

천불동은 한동안 용악산을 바라보더니 말했다.

"자네가 대종사의 전인이라는 걸 반드시 증명해야 할 것이
네. 만일 그렇게 하지 못한다면 이 죽장으로 자네를 잡아 북천
마제에게 바칠 것이네."

천불동이 용악산에게 보이려는 듯 죽장을 높이 치켜들었다.

그와 동시에 군중들 틈에서 정체 모를 무리들이 하나둘씩
튀어나오기 시작했다.

거지, 상인, 촌부…….

하나같이 평범함 속에 번뜩이는 살기를 지닌 이들이었다.

흩어져 있던 마도백가의 생존자들이다.

순식간에 수백 명으로 불어난 그들은 제단을 중심으로 방원
오십 장을 에워쌌다.

졸지에 북천마제와 황금근위대, 그리고 칠마종을 비롯한 수
뇌부들은 천불동이 이끄는 마도백가의 잔존 세력에 의해 고립
되었다.

북천마제를 비롯한 사람들의 표정이 딱딱하게 굳는 사이 한
노인이 제단 앞으로 다가와 인피면구를 벗었다.

"천불동!"

태사의에 앉아 있던 북천마제가 벌떡 일어났다.

"오랜만이오, 북천마제."

"용케도 살아 있었군."

"내가 살아 있는 것이 뜻밖인 모양이구려. 하긴 지난 십 년 동안 내게 줄기차게 자객을 보냈지. 덕분에 난 더더욱 지하로 숨어들게 됐지."

"감히 내게 반기를 들고도 살 줄 알았던가!"

"신교에는 십종가의 사람들만 있는 것이 아니오. 그대들이 전 대종사인 백발마존의 교통(敎統)을 계승해 천마신교의 이름을 쓰고자 한다면 반드시 그 정통성을 입증해야 할 것이오."

"백발마존은 이미 죽었고 마도백가 무학을 이은 자들은 뿔뿔이 흩어졌다."

"만약 백발마존의 제자로서 마도백가의 무학을 모두 이은 자가 존재한다면?"

"……!"

북천마제를 비롯한 장산벽, 칠마종 등의 얼굴이 일순 새파래졌다.

그들이 설마 하는 얼굴로 주변을 살필 때…….

그 순간,

꾸르르르.

괴상한 소리에 사람들이 일제히 뒤를 돌아보았다.

제단의 뒤편에 있던 이층 전각 높이의 거대한 청동화로가 앞으로 넘어지고 있었던 것이다.

쿠덩텅텅!

청동화로는 순식간에 제단을 덮쳤다.

청동화로를 가득 채우고 있던 십만 근의 맹화유가 쏟아지면서 방원 오십여 장을 불바다로 만들었다.

마치 화산이 터져 용암이라도 흘러내리는 것 같은 모습이었다.

덕분에 북천마제도, 황금근위대도, 칠마종도, 장산벽도 불바다 밖으로 물러날 수밖에 없었다.

모든 싸움이 일제히 멈추었다.

그 순간 놀랍게도 청동화로 뒤에서 한 사람이 걸어나왔다.

이미 인피면구를 벗어 던진 용악산이었다.

용악산은 활활 타오르는 불속을 태연히 걸었다.

그 순간 화마로부터 두 마리의 화룡이 태어났다.

놀랍게도 화룡은 용악산을 중심으로 에워싸더니 화마의 접근을 막았다.

세상의 모든 기운을 용으로 구체화시킬 수 있는 무공은 하나밖에 없다.

"적룡공!"

"그럴 리가 없어. 백발마존은 후인을 두지 않았는데."

"틀림없어. 적룡공이 아니면 저 지옥 불을 이길 수 없어."

군중들 사이에서 연이은 탄성이 쏟아졌다.

용악산은 두 마리의 화룡을 이끌고 불구덩이 속을 걸어 제
단으로 향했다.

제단의 오른쪽 황금으로 만든 검좌대에는 천마군림도가 놓
여 있었다.

맹화유는 거기까지 흘렀고, 칼은 화염에 휩싸여 있었다.

도갑도, 도병을 묶은 가죽끈도 모두 불타 버리고 오직 시뻘
겋게 달아오른 칼의 원형만 남은 상태였다.

용악산은 일말의 망설임도 없이 천마군림도를 집어 들었
다.

치이이이.

벌겋게 달아오른 도병에 손이 닿는 순간 수증기가 뿜어졌
다.

하지만 화기는 용악산에게 아무런 해를 입히지 못했다.

용악산은 맹화유가 묻어 활활 타오르는 천마군림도를 허공
을 향해 번쩍 들어 올렸다.

두 마리의 화룡이 천마군림도를 에워싸며 똬리를 틀었다.

더 이상 의심의 여지가 없다.

적룡공을 익힌 백발마존의 후예가 나타난 것이다.

"대종사의 전인이 나타나셨다!"

"천마신교의 적통이 존재한다!"

사람들이 함성을 질렀다.

물론 천불동이 데려온 마도백가의 고수들이었다.

천불동은 만감이 교차하는 표정이었다.

북천마제와 장산벽, 칠마종 등은 잔뜩 일그러진 얼굴이었다.

무림첩을 받고 온 중원무림인들은 마도들의 집안싸움에 애써 끼지 않으려는 듯 뒤로 물러나 사태를 관망하는 중이었다.

용악산은 모두를 굽어보며 외쳤다.

"난 마도백가의 모든 무맥을 계승한 전인이며 서거하신 대종사의 유일한 제자였소! 하지만 이제는 아니오! 나의 사문은 항주의 금룡문이며 이대문주였던 은도천의 장제자요! 이제 금룡문의 이름으로 십종가가와 싸울 것이오!"

"와아아아아!"

또다시 이어지는 함성 소리.

하지만 함성 소리는 이어지는 뿔 나팔 소리에 금세 묻혔다.

천마궁을 철갑병들이 새까맣게 뒤덮으며 돌격해 오고 있었던 것이다.

일만의 병력이 주는 위압감은 대단했다.

천불동이 외쳤다.

"대종사의 후인을 지켜라!"

제단을 둘러싸고 있던 마도백가의 고수들이 도검을 뽑아 들며 철갑병들과 교전을 벌였다.

용악산은 북천마제를 향해 엄중한 경고를 했다.

"나를 죽여 천마군림도를 되찾고 싶거든 나를 찾아오시오!"

그리고는 본궁에 불을 지르고 철갑병들과 항전 중인 수하들
에게 명령했다.
"활로를 열어라!"

第十章

축도난(蜀道難)

天山刀客

촉도는 사천에서 장안으로 들어가는 협로로, 과거 촉나라의
군사 요충지였다.
　일찍이 이백은 촉도난(蜀道難)이라는 시에서 촉도의 험준함
을 이렇게 노래했다.

劍閣嶸而崔嵬(검각쟁영이최외)
一夫當關 萬夫莫開(일부당관 만부막개)
검각의 잔도는 가파르고 뾰족하구나.
한 사람이 관문 막으면 만 사람도 관문 뚫지 못하네.

촉도의 협곡은 한마디로 하늘에서 내려온 신장이 거대한 도

끼로 찍은 자국 같다.

그 협곡이 내려다보이는 곳에 한 무리의 사람들이 모여 있었다.

"그들이 정말 이곳으로 들어올 거라고 생각하는 건가?"

이장도가 협곡의 입구를 바라보며 물었다.

"물론입니다."

용악산이 대답했다.

"확신하는군."

"들불은 초장에 잡지 못하면 끌 수가 없기 때문이죠."

"껄껄껄, 우리가 들불이란 말인가? 하긴 하필이면 새 하늘을 열려는 순간 대종사의 후인이 나타난데다 천마군림도까지 빼앗겼으니 그냥 넘어갈 수는 없겠지."

"부탁한 건 어떻게 됐습니까?"

"염려 말게. 이래 봬도 강호엔 나를 믿어주는 벗들이 많다네."

"수고하셨습니다."

이장도는 천천히 몸을 일으키더니 한동안 용악산을 바라본 후에 말했다.

"무운을 비네."

"맹주님께서도 조심하십시오."

"허허, 그 거추장스런 이름은 버린 지 오래라도 그러네."

서너 걸음을 옮긴 이장도는 어느 순간 한 점 연기가 되어 사라져 버렸다.

야천왕과 해백 또한 동시에 몸을 일으키며 말했다.

"우리도 그만 일어나지요."

"수전이라면 모를까, 산전이라면 자신이 없는걸."

"해왕문주께서 산전수전을 다 겪은 노강호라는 걸 내 아는데 무슨 겸양이십니까?"

"허허, 그렇게 부담을 주니 더욱더 자신이 없어지는군요."

가벼운 농담을 주고받지만 두 사람의 뒷모습에선 잔뜩 긴장감이 느껴졌다.

그들이 사라진 후 용악산은 석승에게 마지막 명령을 내렸다.

"선봉은 필히 멸천대가 맡을 것이다. 이번엔 반드시 끝장을 보아야 한다."

"존명!"

석승은 두말도 않고 자리를 떠났다.

절벽 곳곳에서 미풍이 불며 그림자들이 그의 뒤를 따랐다.

모두가 사라진 후 용악산의 곁에 남은 사람은 공춘보를 비롯한 사형제들뿐이었다.

용악산은 모두와 시선을 마주친 후 말했다.

"언제나처럼 하나가 되어 싸운다."

사람들이 하나둘씩 일어나기 시작했다.

용악산은 가장 나중에 떠나려는 표자룡의 등에 손을 얹었다.

표자룡이 뒤를 돌아보았다.

“궁마왕은 가장 높은 곳에서 우리를 내려다보며 강전을 쏠 것이다. 철갑병들은 그가 열어주는 길을 따라 촉도로 들어올 것이다. 그를 죽이지 못하면 모든 것이 수포로 돌아간다.”

“알고… 있습니다.”

용악산은 고개를 끄덕이고는 돌아섰다.

저만치 걸어가는 그의 뒤로 표자룡의 목소리가 들려왔다.

“대사형.”

“……?”

“그때 금룡관으로 오셔서 다행입니다.”

금룡문이 아니라 금룡관이라고 했다.

오래전 용악산이 처음 금룡관을 찾았을 때를 말하는 것이다.

“너희들을 만나서 다행이었다.”

표자룡은 십여 걸음의 거리를 두고 공손히 허리를 숙였다.

그가 다시 허리를 폈을 때 이미 용악산은 그 자리에 없었다.

*　　　*　　　*

검각(劍閣)은 검문산을 넘기 위해 대검산과 소검산 사이에 가로놓인 다리를 일컫는다.

이른바 고촉잔도(古蜀棧道)라 하며, 깎아지른 듯한 바위 절벽에 나무 기둥을 박아 넣고 거기에 널빤지를 깔아 만든 길이다.

위의 대군과 싸웠던 제갈량의 고사가 전해지는 곳.

검문관(劍門關)은 이곳 검각 앞에 자리한 전각으로, 사실상 옛 촉나라로 들어가는 산악의 관문이었다.

대파산에서 이곳 검문관까지 오는 길은 숲이 울창하여 해를 가린다.

숲에는 오천에 이르는 대병력이 집결해 있었다.

말은 버린 지 오래였고 모두 철갑으로만 무장을 한 상태였다.

천마궁에서는 아직도 남은 철갑기마대 병력들이 마도백가의 고수들을 상대로 전투를 치르고 있었다.

이곳에서 보는 촉도는 거대한 동굴과도 같았다.

폭은 무인 다섯이 어깨를 나란히 하며 걷기에도 좁았고, 하늘은 좌우로 늘어선 직벽으로 인해 하루에 해를 볼 수 있는 시간은 겨우 한 시진 정도다.

당연히 바깥에서 보는 촉도는 어슴푸레한 동굴일 수밖에 없었다.

날렵한 체구의 한 사내가 바로 그 촉도로부터 튀어나왔다.

북천마제가 전방을 탐색하기 위해 보낸 자였다.

그는 칠마종과 장산벽이 둘러싸고 있는 북천마제의 앞에 이르러 부복을 하더니 자신이 본 것을 아뢨다.

그의 말은 간단했다.

"곳곳에 적들이 매복을 한 기척이 느껴집니다."

장산벽이 물었다.

"숫자는 얼마나 되지?"

"워낙 뛰어난 자들이라 정확한 예측이 어렵습니다."

"너의 직감을 믿어보겠다."

"지세를 가늠해 보건대, 백 명 정도로 예상합니다."

천마궁에 난입해 말썽을 부린 자들과 숫자가 같다.

용악산의 수하들이다.

"어디쯤에 있는가?"

"검각으로 추산합니다."

천안자(天眼者).

사내의 별호였다.

추적에 관한 한 천하의 그 누구에게도 앞자리를 양보하지 않는 탁월한 추종술의 소유자.

북천마제가 촉도의 그 험준한 길을 정찰하는 데 단 한 사람을 보낸 것만으로도 그의 실력을 짐작할 수 있었다.

"제갈량을 흉내 내려는가."

북천마제의 입에서 나온 나직한 목소리가 흘러나왔다.

"위험합니다."

장산벽이 북천마제에게 말했다.

북천마제는 가타부타 말이 없었다.

측량할 수 없는 깊은 눈으로 촉도의 어둠을 응시하고 있을 뿐이었다.

사람들은 그가 입을 열기를 기다렸다.

한참 만에야 북천마제의 무거운 입이 열렸다.

"진군한다."

“사부님.”

“난 너무나 오랜 세월 천제강, 그 늙은이의 그늘에서 살아왔다. 이제 끝낼 때가 됐다.”

“하지만 이대로 촉도로 들어간다는 것은 적이 파놓은 함정에 스스로 빠지는 것이나 다름없습니다.”

“제갈량은 패했다. 너는 그 이유를 아느냐?”

과거 이곳에서 촉(蜀)의 수비군 오만은 위(魏)의 이십만을 맞아 싸웠다.

그때 촉의 군사였던 제갈량은 아들 첨과 손자 상에게 지휘를 맡겼다.

그러나 촉은 압도적인 숫자의 열세를 극복하지 못하고 결국 전투에서 졌다.

그것이 결정적인 원인이 되어 촉은 끝내 패망하고 만다.

“……?”

“촉도의 험한 지형은 우리에게 진군의 어려움을 가져다주겠지만 적의 발목도 함께 묶게 될 것이다. 적이 흩어지지 않고 모여 있으니 이는 오히려 좋은 기회다.”

촉도는 한 사람이 능히 만 명의 대군을 막아낼 수 있는 지형.

이런 상황이 자신들에게 불리할 것이라고만 생각했지 오히려 적들의 발목을 묶게 될 것이라고는 생각해 보지 않았다.

하지만 적들의 발목을 묶기 위해서는 무언가 다른 계략이 필요했다.

지형을 최대한 역으로 이용할 수 있는 계략.

장산벽은 북천마제에게 무언가 생각이 있다는 걸 알아차렸다.

과연 장산벽의 추측은 옳았다.

궁마왕이 앞으로 나서며 말했다.

"주군의 결정이 아무래도 저를 염두에 두신 것 같군요."

"믿어도 되겠는가?"

궁마왕이 물었다.

"제가 길을 열겠습니다."

북천마제는 흡족한 표정이 되어 고개를 끄덕였다.

궁마왕이 손을 뻗자 그의 제자가 강전을 빼곡하게 채운 커다란 전통 하나를 건네주었다.

잠시 후 궁마왕이 긴 궤적을 만들며 절벽 위로 솟아올랐다.

오천의 대병력이 촉도로 진입하기 시작했다.

이런 상황에서는 대규모의 집단전이 벌어질 수가 없었다.

무조건 선두의 병력들이 적들과 백병전을 벌이며 진군하는 것이다.

일견하기에는 수적인 우세를 충분히 이용하지 않는 것처럼 보이지만 사실은 그렇지 않다.

대규모의 집단전에서는 반드시 흐름이 있기 마련이고, 그 흐름의 맥을 파악하기만 한다면 다수 쪽에 오히려 큰 이점이 있다.

마치 의원이 혈 자리에 침을 놓아 환자의 사지를 마비시키는 것처럼.

지금 그 혈 자리를 찾고 침을 놓을 사람은 당연히 궁마왕이다.

놈들은 오로지 촉도의 지형만 믿고 겁도 없이 대군을 유인한 것이다.

선두에서는 장산벽이 멸천대를 이끌고 검문관을 넘어 검각을 지나고 있었다.

산벼랑에 판자를 엮어 선반을 걸듯이 만들어놓은 각도(閣道).

촉도 중에서도 가장 험난하기로 악명 높은 곳이었다.

매복을 한다면 이만한 장소가 없었다.

여긴 그야 말로 무적의 고수 한 사람이 버티고 있으면 만 명의 병력이라도 단 한 걸음조차 나아갈 수 없는 곳이었다.

한데도 놈들은 아직 모습을 보이지 않았다.

"우리가 더 깊이 들어오도록 기다리고 있어."

장산벽은 놈들의 의중을 짐작할 수 있었다.

"어디 얼마나 대단한 걸 준비하고 있는지 두고 보자."

장산벽은 멸천대를 이끌고 계속해서 촉도의 깊숙한 곳으로 들어갔다.

놈들이 절벽 위에 매복을 해서 바위를 떨어뜨릴 거라는 염려는 하지 않아도 된다.

하늘은 궁마왕이 완벽하게 장악해 줄 것이다.

이윽고 멸천대 모두가 검각으로 들어섰다.

*   *   *

대검산(大劍山)과 소검산(小劍山) 사이로 흘러가는 촉도는 거대한 용혈이다.

그 용혈을 가득 채우며 진군하는 철갑병들은 말 그대로 용이었다.

천하를 집어삼킨 후 마지막 청소를 하려는 혈룡.

용악산과 서문홍주는 소검산 정상에서 촉도를 내려다보고 있었다.

"북천마제가 정말 촉도로 들어올 줄은 몰랐어요."

서문홍주가 낮은 목소리로 말했다.

"가장 높은 곳에 오르면 눈이 멀지요. 더 이상 낮은 곳을 보려 하지 않게 되는 겁니다."

"당신도 그럴까요?"

"예외는 없소."

"다행이군요. 당신은 높은 곳을 보지 않아서."

"산은 높이 오르는 것이 아니라 깊이 들어가는 것이오. 난 나중에야 그것을 깨달았지."

용악산은 맞은편 대검산 정상으로 시선을 향했다.

대검산은 산이라기보다는 거대한 바윗덩어리다.

　오랜 세월 비바람에 바위의 일부가 썩고 무너져 내려 흙이 고인 곳엔 듬성듬성 소나무가 자라긴 했지만 여전히 산이라고 보기엔 어려웠다.
　저 어디쯤 매처럼 번뜩이는 궁마왕의 눈이 있을 것이다.
　엄폐물이라곤 전혀 없는 절벽에서도 완벽히 몸을 숨길 수 있는 사람이 있다면 그건 바로 궁마왕이다.
　어지간한 고수들은 달라붙어 있기도 힘든 지형에서 그는 경이적인 무공으로 북천마제가 이끄는 대병력의 길을 열어주고 있었다.
　단지 존재하는 것만으로도 아군에게는 무한한 신뢰를, 적에게는 공포의 대상이 되는 존재.
　얼마나 지났을까.
　"이제 시작할 때가 온 것 같군요."
　"그렇군요."
　"수하분들의 희생이 클 거예요."
　"우리가 감당할 몫이었습니다, 처음부터."
　"이렇게까지 모험을 해야 할 필요가 있나요?"
　"희생없인 저들의 눈을 돌릴 수 없습니다."

*　　　*　　　*

　장산벽이 갑자기 진군을 멈춰 세웠다.
　검각이 거의 끝나갈 무렵, 뱀처럼 구불구불 이어진 절벽을 도는 순간 곰 같은 거한을 발견했기 때문이다.

그는 육 척의 쇠몽둥이를 가슴에 품은 채 다리 한복판에 비스듬히 앉아 있었다.

그의 커다란 덩치로 인해 다리는 꽉 막혀 버렸다.

꼭 덩치 때문이 아니더라도 사내에게서 뿜어 나오는 위압감은 흡사 장비를 연상케 했다.

거한은 다름 아닌 채홍만이었다.

위는 배처럼 불룩한 지형으로 인해 궁마왕의 화살이 미치지 않는 곳이었다.

또한 짐승 하나 잡자고 궁마왕의 화살을 빌릴 수는 없었다.

"누가 저 짐승의 목을 가져오겠는가."

"제가 해보겠습니다."

장산벽이 묻자 한 사내가 나섰다.

채홍만에게는 미치지 못하지만 부풀어 오른 근육은 그 못지 않은 사내.

기둥뿌리 같은 하체로부터 뿜어져 나오는 힘이 능히 태산이라도 무너뜨릴 것 같아 보였다.

그는 이조장 광견이었다.

도귀가 의문의 실종을 당한 후 사실상 그가 장산벽의 오른팔 역할을 하고 있었다.

촤르르륵.

광견의 허리춤으로부터 쇠도리깨가 뿜어져 나왔다.

대초자곤과 쇠도리깨 모두 신력을 바탕으로 한 중병이었다.

가히 맞수라 할 두 사람의 대결에 사람들이 흥미를 느꼈다.

싸움은 순식간에 벌어졌다.

꽝! 꽝!

천근거력을 담은 두 개의 중병이 부딪치는 소리에 협곡 전체가 쩌렁쩌렁 울렸다.

절벽에 아슬아슬하게 매달린 다리 위에서 두 명의 거인이 싸우기란 여간 힘든 일이 아니었다.

큰 동작으로 인해 절벽을 부수기 일쑤였고, 머리 위에서는 돌무더기가 우수수 떨어졌다.

"저자가 누구인가?"

북천마제가 물었다.

"놈의 수하였던 자로, 지금은 금룡문의 제자입니다."

장산벽이 말했다.

"체구가 장대하군."

"힘만 센 덩어리죠."

"그 덩어리 하나 때문에 오천의 병력이 멈추었다."

장산벽의 눈동자가 잦아들었다.

북천마제의 말속에서 표피적인 것 외에 어떤 의미를 읽었기 때문이다.

"이런!"

장산벽은 땅을 박차고 신형을 날렸다.

전방의 길이 막히자 뒤를 따르던 사람들로 인해 잔도는 정체를 이루었다.

사람과 사람 사이의 간격이 어깨 하나를 벌릴 수 없을 정도로 좁아진 것이다.

이런 상황에서 적들이 어떤 식으로든 기습을 해온다면 제대로 싸울 수가 없었다.

첫 번째는 적의 기습에 대비해야 하고, 두 번째는 막힌 혈관을 뚫어 사람과 사람 사이의 간격을 벌려놓아야 한다.

단숨에 맨 앞쪽으로 날아간 장산벽은 광견을 뒤로 물린 후 무섭게 칼을 휘둘렀다.

압도적인 칼질에 채홍만은 순식간에 다섯 걸음이나 물러났다.

대초자곤을 휘둘러 어떻게든 공격을 하려 했지만 장산벽은 초식과 초식 사이의 연결 동작을 허용하지 않았다.

시종일관 무서운 위력으로 채홍만을 핍박한 것이다.

채홍만은 장산벽과 자신이 무공 차이를 실감했다.

이대로는 목숨을 보전하기 어려울 것이다.

하지만 버텨야 했다.

그에게 주어진 시간은 반 각.

대사형 용악산은 반 각만 버티면 된다고 했다.

“우어어어!”

채홍만이 괴성을 토해내며 대초자곤으로 절벽의 옆구리를 두들겼다.

꾸웅!

절벽 전체가 흔들리는가 싶더니 머리 위에서부터 돌덩이들
이 쏟아지기 시작했다.

사람들이 약속이나 한 듯 하늘을 향해 고개를 꺾었다.

돌덩이가 떨어지는 방향을 가늠해야 피하든 쳐내든 할 것이
아닌가.

그런데 사람들은 그 순간 더욱 놀라운 광경을 목도했다.

저 위쪽 치마의 주름처럼 움푹 파인 절벽의 틈바구니에서부
터 백여 명이 아래를 향해 동시에 몸을 날렸던 것이다.

마치 수천 길 낭떠러지를 향해 자살을 하려는 사람들처럼.

하지만 그들은 떨어지지 않았다.

어느 순간 직벽에 착 달라붙어서는 잔도에 늘어선 철갑병들
을 향해 수직으로 달려왔다.

그들의 손에는 밧줄이 하나씩 달려 있었다.

밧줄 한 가닥에 의지해 직벽을 평지처럼 달려오며 철갑병의
사이사이를 파고들었다.

깡! 깡! 깡!

"으아악!"

"크아아악!"

삽시간에 도검이 부딪치고 사람들이 절벽 아래로 떨어졌다.

놈들은 멸천대와 정면 승부를 피하고 오직 중간의 철갑병만
을 노렸다.

"절벽을 사수하라!"

장산벽이 채홍만과 사투를 벌이는 와중에도 외쳤다.

멸천대는 즉각 직벽을 향해 벽호공(壁虎功)을 펼치기 시작했다.

절벽의 호랑이라는 뜻의 벽호(壁虎)는 원래 도마뱀을 뜻한다.

벽호공은 바로 그 도마뱀이 벽을 타는 데서 착안한 무공이었다.

백여 명의 멸천대가 절벽을 새까맣게 뒤덮었다.

다섯 손가락에 의지해 절벽을 붙들고 있는 자와 밧줄에 몸을 의지해 공격하는 자는 그 위력이 다를 수밖에 없었다.

멸천대는 도저히 용악산의 수하들을 따라잡을 수가 없었다.

그들은 멸천대가 절벽에 바짝 붙어 있을 수밖에 없다는 것을 알고는 밧줄을 타고 허공을 날아다니듯 묘기를 부렸다.

순식간에 십여 장을 날아가서는 철갑병 대여섯 명을 한칼에 도륙해 버리고는 절벽을 박차고 순식간에 어디론가 날아가는 것이었다.

이런 식의 공격이 계속되었다.

그중 특히 두 사람의 배포가 대단했다.

다른 이들이 한 손에 밧줄을 잡고 다른 손으로 병장기를 휘두르는 데 반해 두 사람은 허리에 밧줄을 묶고 두 손으로 자유롭게 싸웠다.

급기야 그들은 겁도 없이 밧줄을 타고 북천마제와 칠마종이 있는 곳을 향해 날아왔다.

"어어어! 이게 왜 이래!"

“이 멍청한! 내 줄이랑 꼬였잖소!”

하풍달이 공춘보를 향해 버럭 소리를 질렀다.

처음부터 허리에 묶으면 날래게 달릴 수 있는 공춘보의 말을 믿은 게 잘못이었다.

두 손이 자유로우니 마음 놓고 싸울 수는 있었지만 그 바람에 위쪽에서 줄이 꼬이는 일이 벌어질 줄은 꿈에도 몰랐다.

그런데 정작 문제는 따로 있었다.

“지, 지금 어디로 가는 거요?”

“으헤엑!”

두 사람의 시선이 같은 곳을 향했다.

저만치 북천마제와 칠마종이 괴이한 눈빛으로 자신들을 보고 있었다.

“풍달아! 어떻게 좀 해봐!”

“이 멍청한 인간! 가려면 혼자 가지. 왜 나까지 끌고 가는 거얏!”

다급하면 더욱 실수를 하는 법이다.

모골이 송연해진 두 사람이 황급히 손발을 놀려가며 절벽에 붙으려고 했다.

일단 붙어야 움직임을 멈출 것이 아닌가.

하지만 너무나 다급한 마음에 손을 뻗은 공춘보가 오히려 절벽을 쳐내는 꼴이 되어버렸다.

두 사람은 다시 허공에 붕 떴고, 절벽과 밧줄의 각도에 의해 북천마제와 칠마종이 모여 있는 곳을 향해 포물선을 그리며 날아갔다.

북천마제와 칠마종이 어이없다는 표정으로 두 사람을 응시했다.

간이 콩알만 해진 공춘보가 황급히 두 손을 휘저었다.

“아, 아니에요. 그게 아니에요.”

“제기랄, 아니라고 하면 ‘오냐’ 하면서 살려준답디까. 정신 바짝 차리시오!”

하풍달이 절벽을 향해 쌍장을 펼쳤다.

풍천장의 절초다.

섬에서 죽어라 수련한 덕택에 이제는 제법 경력이 만들어지는 장법.

그 바람에 탄력이 생겼고 날아가는 방향이 약간 비틀어졌다.

그 순간 북천마제가 파리를 쫓듯이 가볍게 소맷자락을 휘둘렀다.

하지만 그의 소맷자락으로부터 촉발된 경력은 황소도 때려잡을 만큼 위력적이었다.

파앙!

한줄기 강맹한 경력이 두 사람을 엄습했다.

“으악!”

“크흑!”

전신에 극심한 통증을 느끼며 십여 장이나 위로 튕겨 올라간 두 사람은 중심을 잃고 절벽에 부딪쳐야 했다.

“뜨아아!”

"끄으으!"

등골을 타고 찌르르 전해져 오는 고통에 정신까지 혼미했다.

어느새 몸은 또다시 북천마제와 칠마종이 있는 아래로 곤두박질치고 있었다.

칠마종들은 도검을 뽑아 들고 있었다.

그 모습이 꼭 남만의 부족전사들이 원숭이에게 돌멩이를 던진 후 나무 아래로 떨어지길 기다리는 것 같았다.

공춘보가 황급히 정신을 차리고 중심을 잡았다.

동시에 밧줄을 잡아당기니 아래로 떨어지던 하풍달이 그대로 멈추며 대롱대롱 매달렸다.

그러나 축 늘어진 것이, 이미 정신을 잃은 듯했다.

"풍달아! 풍달아! 정신 차려!"

하풍달이 풍천장으로 자신의 목숨을 구한 것처럼 이제는 공춘보가 차륜박으로 하풍달의 목숨을 구할 차례였다.

앞뒤 잴 것도 없이 공춘보는 하풍달을 매달고 옆으로 달리면서 떨어지는 각도를 바꾸려 했다.

아래에서는 하풍달의 머리가 절벽에 쿵쿵 방아를 찧고 있었지만 칠마종의 도검에 갈가리 찢기는 것 보다는 나았다.

자의든 타의든 공춘보와 하풍달이 북천마제와 칠마종의 시선을 끌어준 덕택에 용악산의 수하들은 더욱 편하게 싸울 수 있었다.

철갑병들은 계속해서 죽어나갔고 급기야 토막 난 뱀처럼 중간 중간이 끊어지기에 이르렀다.

그때 변화가 일어났다.

쑤에에에액!

퍽!

용악산의 수하 중 누군가가 절벽을 박차고 비상하던 중 무언가에 머리통을 관통당한 것이다.

"육손아!"

삼조장 방종호가 사내를 불러보았지만 소용없었다.

사내는 뇌수를 사방으로 뿌리며 낭떠러지로 떨어졌다.

그 모습이 꼭 이마에서 작은 폭발이 일어난 것 같았다.

가공할 병기, 불가사의한 현상.

분노한 방종호가 직벽의 꼭대기를 바라보았다.

그곳에서는 건장한 체구의 노인 하나가 아래를 굽어보고 있었다.

한 손에는 그의 키만 한 강궁을 든 채로.

궁마왕이다.

궁마왕이 대검산 정상에서 아래를 향해 활을 쏘고 있었던 것이다.

절벽의 틈바구니에 찰싹 달라붙어 있으면 엄폐가 되지만 밧줄을 타고 비상할 때는 전신이 드러나게 된다.

그때를 기다려 궁마왕은 강전을 쏘아댄 것이다.

방종호를 비롯한 용악산의 수하들이 당황한 것에 비해 철갑병들은 반색을 했다.

"제오가주다!"

"제오가주께서 나타나셨다!"

멸천대의 움직임도 빨라졌다.

용악산의 수하들이 마음대로 절벽을 튀어 오를 수 없다는 걸 알고 맹렬하게 공격을 한 것이다.

궁마왕은 궁술은 신기였다.

절벽에 납작 붙으면 쏘지 못할 것이라는 예상을 깨고 다시금 곡선으로 활을 쏜 것이다.

순식간에 십여 명의 고수가 궁마왕의 강전을 맞고 떨어졌다.

화살은 모두가 정확히 머리를 관통했으며 일체의 낭비는 없었다.

또한 하나같이 피와 뇌수를 사방으로 뿌리면서 죽었다.

이제는 파공성만 들리면 반드시 누군가의 목숨이 떨어진다는 사실을 알게 됐다.

궁마왕의 강전이 만들어내는 파공성은 저승사자의 옷자락이 내는 소리였다.

용악산은 직벽의 서쪽에 붙어 수하들을 지휘하고 있었다.

변장을 했기 때문에 적들은 자신의 존재를 알아차리지 못했다.

굳이 변장을 해 자신의 신분을 감춘 것은 적들의 시선을 끌지 않기 위해서였다.

지금은 전면전이 아닌 기습전이어야 함으로.

'이기어시(以氣御矢)!'

궁마왕이 이기어시를 쏠 수 있을 거라고 짐작은 했다.

직접 보니 과연 명불허전이었다.

천하에 저 강전을 피할 수 있는 사람이 몇이나 될까.

그 순간 용악산의 귓가에 열한 번째 파공성이 들렸다.

직감적으로 그것이 석 장 바깥에서 변장을 한 채 싸우고 있는 은서령을 향한 것이라는 걸 알아차렸다.

절벽에서의 싸움도 일종의 진법을 펼치면서 진행 중이었다.

은서령은 그 진법의 여섯 번째 방위에서 후퇴할 때를 대비해 퇴로를 지키고 있었다.

즉, 은서령은 전투에 적극적으로 개입하지 않았다.

더구나 파훼의 혈도 아니었다.

퇴로를 차단하는 것도 중요하지만 그보다는 당장 손실을 줄 수 있는 진의 맥을 깨뜨려야 한다.

그런 데도 불구하고 궁마왕이 은서령을 노렸다는 것은 은서령의 정체를 눈치챘다는 말이 된다.

파앙!

용악산의 신형이 그 자리에서 사라졌다.

이형환위(移形幻位)!

지나치게 빨라 공간을 이동하는 것처럼 보인다는 전설 속의 경공.

이형환위가 아니면 궁마왕의 강전을 따라잡을 수가 없었다.

강전이 은서령의 머리 위로 떨어지는 것과 용악산이 손을 뻗은 것은 거의 동시였다.

꼭 쥔 주먹 안에서 맹렬하게 회전하는 화살.

불같은 뜨거움이 손바닥으로 전해졌지만 용악산은 더욱더 화살을 옥죄였다.

이윽고 회전을 멈춘 화살이 용악산의 손안에서 모습을 드러 냈다.

날이 사선으로 뒤틀린 원앙전이다.

용악산은 그제야 죽은 자들의 머릿속에서 작은 폭발이 일어 난 이유를 알아차렸다.

이처럼 맹렬하게 회전하니 뇌를 온통 다지면서 관통했을 것 이다.

"괜찮으냐?"

"저는 무사해요. 그보다 대사형의 손이……."

궁마왕의 강전이 생살을 갈아버린 바람에 용악산의 손바닥 에서는 피가 철철 흘러나오고 있었다.

궁마왕의 일 갑자 내공이 실린 화살에는 호신강기도 소용없 었다.

하지만 아래에서는 북천마제와 칠마종의 눈동자가 깊어지 고 있었다.

천하에 궁마왕의 강전을 맨손으로 잡을 수 있는 사내가 존 재할 거라고는 생각해 보지 않았기 때문이다.

그 순간, 또 한 대의 강전이 날아왔다.

이번엔 용악산을 향한 것이었다.

용악산은 궁마왕이 자신을 불러내기 위해 일부러 은서령을 공격했다는 것을 알고 있었다.

용악산의 정체가 노출된 것이다.

용악산은 은서령을 밀친 후 황급히 절벽을 달렸다.

쑤애액! 쑤애액!

강전은 용악산이 달려가는 방향을 따라 계속해서 떨어져 내렸다.

용악산이 있던 자리를 향해 아슬아슬하게 떨어지는 화살.

궁마왕이 쏜 열네 발의 화살 중 유일하게 빗나간 세 발의 화살이었다.

그때 어디선가 들려온 전음.

[지금 궁마왕을 잡겠습니다.]

표자룡이었다.

[아직은 아니다!]

[벌써 열 명이 죽었습니다. 지금 궁마왕을 제거하지 않으면 죽는 자가 더 늘어날 것입니다.]

[지금 궁마왕을 죽이면 모두가 죽는다. 최대한 허둥대는 모습을 보이며 후퇴한다.]

"전원 후퇴하라!"

석승이 외쳤다.

밧줄에 매달려 허공을 날아다니던 용악산의 수하들이 일제히 절벽에 붙어 수평으로 달렸다.

第十一章

계략, 그리고 계략

天山刀客

궁마왕의 화살에 혼비백산하여 쫓겨나는 용악산과 그의 수
하들을 보며 철갑병들은 환호했다.

비록 기습으로 오십여 명 정도의 목숨을 잃었지만 그 무시
무시한 용악산의 수하 열 명을 죽인 것은 빛나는 전과였다.

모두 궁마왕의 궁술 덕분이다.

철갑병들은 이제 측도의 험난한 지형을 두려워하지 않게 됐
다.

북천마제는 흡족했다.

철갑병들의 진군 속도는 조금 더 빨라졌고 가는 동안 수차
례의 전투가 더 벌어졌다.

용악산은 계속해서 수하들을 이끌고 나타나 철갑병들을 괴

롭혔다.

때로는 절벽의 틈에서, 때로는 잔도 위에서, 때로는 절벽 아래에서.

그때마다 궁마왕의 강전이 적을 위협하고 길을 열어주었음은 물론이다.

자신감을 얻은 멸천대는 더욱 무서운 기세로 그들을 몰아붙였다.

철갑병들은 어느새 점점 촉도의 깊숙한 곳으로 진입했다.

어느새 좁은 소로가 끝나고 제법 널찍한 길이 나왔다.

오른쪽 절벽 아래로 난 길은 마차 세 대가 나란히 지나갈 정도였고, 그 옆엔 상류로부터 유입된 엄청난 양의 황토로 인해 누런색을 띤 강물이 흘러가고 있었다.

삼협(三峽)의 입구다.

촉도의 전 구간에서 유일하게 솥을 걸고 불을 지필 수 있는 곳.

"멈춰라!"

선두에서 길을 잡던 장산벽의 명령과 함께 행렬이 걸음을 멈추었다.

전방에 한 무리의 사람들이 길을 가로막고 섰기 때문이다.

용악산과 그의 수하들이었다.

지금까지 매복을 통해 기습전을 펼치던 것과는 달리 지금은 모두 모습을 드러낸 상태였다.

인피면구는 모두 벗어버렸고 눈동자는 투지로 불타올랐다.

마치 이곳에서 끝장을 보려는 것처럼.

"후후, 겨우 남은 수하들 몇 명으로 우리의 상대가 될 거라고 생각하는 거야?"

용악산은 대답 대신 입가에 가벼운 미소를 지었다.

순간 장산벽의 얼굴이 어두워졌다.

용악산의 얼굴에서 무언가 계략의 낌새를 알아차렸기 때문이다.

그때 북천마제가 한걸음 앞으로 걸어나오더니 말했다.

"산벽, 천안자의 목을 쳐라!"

천안자는 갑자기 사색이 되었다.

자신이 무슨 잘못을 했는지 도무지 알 수 없었던 것이다.

사부의 명이다.

장산벽은 마음속에 한가닥 의문을 품으면서도 지체없이 명령을 이행했다.

쩌걱!

혼원벽력도가 허공을 갈랐다.

두 눈을 번쩍 뜬 채 놀란 표정 그대로인 천안자의 얼굴이 땅바닥을 굴렀다.

촉도에는 검각에 매복한 용악산의 수하들 백여 명 외에는 단 한 명도 없다고 목숨을 걸며 자신했던 천안자는 그렇게 죽었다.

살벌한 분위기가 감도는 가운데 북천마제는 전방을 향해 말했다.

"이제 그만 나오는 게 어떤가?"

갑자기 누런 강물 속에서 사람들이 걸어나오기 시작했다.

하나같이 험상궂은 얼굴에 중병으로 무장을 갖춘 그들은 무려 삼백이나 되었다.

가장 먼저 나온 사람들은 해백이 이끄는 해적들 중 정예 고수 일백이었다.

뒤를 이어 야천왕이 이끄는 북망도의 흉신악살 이백도 모습을 드러냈다.

장산벽을 비롯한 칠마종 등의 얼굴이 딱딱하게 굳었다.

용악산은 애초 섬을 떠나 바다를 항해하면서 천마궁을 칠 계획을 짰다.

그때 이미 천마궁에서 그리 멀지 않은 곳에 촉도라는 천혜의 험지가 있다는 걸 알았다.

그리고 해백, 야천왕 등과 헤어지며 한 가지 부탁을 했었다.

어떻게든 적들을 촉도로 유인할 테니 그곳에서 천안자의 눈을 피해 한 시진 이상 매복할 수 있는 방법을 찾으라는 것이었다.

용악산이 항주에 들러 공화연을 구하고 지옥혈마를 잡는 동안 두 사람은 열흘 일찍 촉도에 도착한 후 사방을 조사했다.

그 결과 야천왕은 매복을 하지 않는 것이 최선의 방책이라고 했다.

나무 한 포기를 찾아볼 수 없을 만큼 온통 바위투성이라 도저히 매복을 할 수 없다는 것이다.

반면에 해백은 누런 황톳물을 보더니 대수롭지 않게 돼지 오줌보 삼백 개만 있으면 충분하다고 했다.

과연 평생을 바다에서 나고 자란 해적들은 한 줌의 공기만으로도 한 시진을 버텼다.

물속은 사람의 채취와 기척을 완벽하게 숨길 수 있는 장소였다.

더구나 황톳물은 사람들의 형체를 완벽하게 숨겨주었다.

해적 따위에게 질 수 없다며 북망동의 흉신악살들도 돼지오줌보 하나씩을 들고 물속으로 들어갔다.

몸이 팅팅 불어 터지는 듯한 고통을 참으며 한 시진을 견뎠다.

사정이 이러니 천안자가 매복을 눈치채지 못한 것도 당연했다.

또 한 가지, 용악산은 저들의 시선을 돌리는 한편 의심을 하지 않고 촉도로 유인하기 위해 계속해서 기습전을 펼쳤다.

그제야 장산벽과 칠마종은 북천마제가 천안자를 죽인 이유를 알았다.

하지만 그들의 관심은 이미 천안자를 벗어나 있었다.

나타난 사람들이 해백과 야천왕만이 아니었기 때문이다.

물속에 매복하고 있던 사람들 중에는 과거 무림맹주였던 이장도와 기련검 노일야도 있었다.

난데없는 강자들의 등장에 이제는 칠마종도 긴장하지 않을 수 없었다.

"오랜만이구려, 북천마제."

이장도가 앞으로 나와 말을 했다.

조금 전까지 물속에서 매복해 있던 사람의 것이라곤 믿기 어려울 만큼 그의 장포는 어느새 바싹 말라 있었다.

그의 심오한 공력을 엿볼 수 있는 단면이었다.

"용케도 숨어 있었군."

"생각보다 쉬웠소. 당신이 무림 일통에 눈이 멀어 있는 상태라 말이오."

"후후, 과연 그렇게 생각하는가?"

"……?"

"겨우 금룡문의 제자 하나를 잡기 위해 오천의 병력을 이끌고 왔다고 생각하는 건 아니겠지?"

"음, 그 말은 어쩐지 우리가 이곳에 매복하고 있을 줄 알고 있었다는 말로 들리는구려."

"바다로 도주할 때는 여럿이었는데 나타날 때는 혼자였다. 바보가 아닌 이상 당연히 의심을 했겠지. 자, 이제 협곡에 고립된 상태에서 겨우 삼백의 인원으로 오천의 대병력을 어떻게 상대할 작정이신가?"

말을 하는 북천마제의 얼굴엔 가소롭다는 기색이 묻어났다.

전투의 승패가 꼭 숫자로만 판가름 나는 것은 아니다.

무인들의 전투에서는 더욱 그렇다.

어떤 고수를 품고 있느냐에 따라 상황은 언제든 역전될 수가 있다.

하지만 북천마제는 자신있었다.

주병력으로도 그렇고, 품고 있는 고수의 숫자로도 그렇다.

궁마왕의 경우에서도 알 수 있듯이 칠마종은 결코 눈앞에 있는 야천왕, 해백, 기련검 등에게 모자라지 않는 강자들이었다.

그들이 데리고 있는 절정의 고수들은 또 얼마나 많은가.

이 싸움은 절대 질 수가 없는 싸움이었다.

한데 이장도의 표정이 약간 이상했다.

그는 슬며시 웃으면서 말했다.

"한데 당신이 짐작하는 걸 왜 우리는 몰랐을까요?"

북천마제의 눈썹이 약간 꿈틀거렸다.

이장도의 말에서 무언가 다른 의미를 읽어냈기 때문이다.

"또 다른 간계가 있군."

"고립된 건 우리가 아니라 당신들이오."

"……!"

그 순간,

뿌우우우우!

철갑병의 행렬 가장 뒤쪽에서 뿔 나팔 소리가 울려 퍼졌다.

촉도의 입구였다.

잠시 후 척후병 하나가 황급히 달려와 보고를 했다.

"적의 기습입니다."

"소상히 말하라!"

장산벽의 목소리에는 분노가 서려 있었다.

"검문관 바깥 숲으로부터 천여 명에 이르는 적들이 후방을
공격하며 촉도로 진격하고 있습니다."

장산벽이 진노해 소리쳤다.

"그들이 도대체 누구란 말이냐!"

"구대문파의 무인들입니다."

북천마제와 칠마종의 얼굴이 충격으로 물들었다.

그 순간을 즐기듯 이장도는 곁에 있는 용악산에게 말했다.

"이제 알겠지? 내가 아직은 벗이 많다고 하지 않았던가. 껄
껄껄."

*   *   *

열흘 전, 야천왕과 해백이 촉도를 정찰하고 있을 그즈음 이
장도는 소림사를 찾아갔다.

그곳에서 그는 소림 방장과 한 시진 동안 독대를 한 후 돌아
갔다.

이장도가 돌아가고 난 후 소림 방장은 즉각 십팔나한(十八羅
漢)을 통해 소림 방장의 직인이 찍힌 무림첩을 구대문파와 오
대세가에 보냈다.

마도의 하늘 아래 살고 싶지 않은 자, 촉도을 찾으라!

누가 뭐래도 소림사는 중원무림의 태산북두다.

소림 방장이 직접 친필로 보낸 무림첩을 무시할 수는 없었다.

사실 소림이 주도적으로 나서주길 모두들 내심 기대하고 있었다.

화산에서는 과거 무림맹의 내원주였던 옥룡 진인(玉龍眞人)이 절정의 매화검수 일백을 이끌고 왔다.

무당에서는 강호제일의 권사(拳士)인 천강 진인(天剛眞人)이 태극권사 일백을 이끌고 왔다.

화산과 무당뿐만이 아니다.

점창에서는 사일검(射日劍)에 정통한 고수들을, 청성에서는 송풍검(松風劍)의 고수들을 보내왔다.

사질인 방장의 부탁으로 백팔나한(百八羅漢)을 이끌고 온 법무 대사(法舞大師)는 촉도에서 벌어지는 전투를 보고 있었다.

전투는 이미 파죽지세였다.

후방에서의 기습을 염두에 두지 않은 적들은 절정의 고수를 뒤쪽에 배치하지 않았다.

몇몇 사납게 저항하는 자들이 있었지만 선봉을 맡은 화산의 매화검수들의 놀라운 신법과 검법 앞에서 속수무책이었다.

"촉도에서 놈들을 압사시키게 될 줄이야."

어느새 곁으로 다가온 옥룡 진인이 말했다.

두 사람은 오래전 무림맹에서 각각 내외원의 원주를 맡은 이들이었다.

그들은 오랫동안 맹주 이장도를 곁에서 지켜보면서 그가 사심이 없는 진짜 협골이라는 걸 알았다.

그 인연으로 도와달라는 그의 한마디에 구대문파를 설득해 이렇게 온 것이다.

"그러게 말입니다. 자신을 믿고 겨울을 지내 달라던 북검성의 말이 옳았습니다."

"용악산이라는 그 아이… 믿어도 될까요?"

"전 북검성의 눈을 믿습니다."

"그나저나 천마궁은 어찌 되었는지 모르겠군요."

"개방의 방주께서 방도 오천을 이끌고 갔으니 지금쯤 아마 거지들 소굴이 되어 있을 겁니다. 껄껄껄."

그러는 사이 촉도의 입구인 검문관이 아군에 의해 탈환되었다.

평소 괴팍하기로 소문난 무당의 천강 진인이 검문관의 지붕 위에 올라가 협곡을 향해 외쳤다.

"천산의 마귀들아! 단 한 놈도 살아서 이곳을 빠져나가지 못할 것이다!"

우렁우렁한 사자후가 협곡 전체로 쩌렁쩌렁 울려 퍼졌다.

그 소리가 어찌나 웅장한지 옥룡 진인과 법무 대사조차도 귀가 얼얼할 정도였다.

"허허, 놈들의 간담이 제법 서늘하겠습니다그려."

"우리도 그만 가볼까요?"

"그럴까요?"

*   *   *

　검문관에서 십 리 정도 떨어진 삼협에서는 적아가 뒤엉킨 백병전이 한창이었다.
　이 좁은 협곡 안에 강호의 내로라하는 고수들이 모두 난전을 벌이고 있으니, 고금을 통틀어 전무후무한 일이었다.
　절대고수들은 자연스럽게 자신의 상대를 찾아갔다.
　이장도와 야천왕, 기련검, 해백, 독행천괴 등은 각각 칠마종을 상대로 가공할 생사 대결을 펼쳤다.
　이장도와 북천마제는 자신들의 생사결을 숙명처럼 받아들였다.
　천하제일검사와 천하제일도수의 대결.
　무신이라고까지 불리는 두 거인의 싸움은 믿을 수 없을 만큼 치열했다.
　검과 도가 부딪칠 때마가 천둥과 벼락이 쳤고, 그 여파는 협곡 전체에 퍼졌다.
　강력한 암경이 공간을 송두리째 뒤흔드는 것이었다.
　"여긴 좁은 듯하니 넓은 장소로 갑시다!"
　이장도의 신형이 갑자기 땅에서 하늘로 솟구쳤다.
　두어 번의 도약으로 단숨에 절벽 꼭대기까지 솟구쳐 오르는 그의 경공에 모두들 혀를 내둘렀다.

그런 사람은 또 있었다.

이장도가 중간에 절벽을 두 번이나 밟은 것에 비해 북천마제는 단 한 번의 도약으로 절벽을 올랐다.

어느새 소검산 정상에 우뚝 선 두 사람은 그 어느 누구의 방해도 받지 않고 공전절후의 대결을 펼쳤다.

소검산은 온통 바위로 뒤덮인 산이다.

지진이라도 난 듯 바위가 쪼개지고 불꽃이 튀었다

이제는 정말 천둥이 치고 벼락이 떨어지는 것 같았다.

장산벽은 용악산의 몫이었다.

"각오는 되어 있겠지?"

장산벽이 물었다.

"빙백신공을 대성했다고 들었다."

"불사의 몸이 되었지."

"세상에 불사란 없다."

두 사람의 신형이 사라졌다.

그들이 긴 궤적을 그리며 나타난 곳은 물살이 거세게 흘러가는 강물 위였다.

두 사람은 무력답수(無力踏水)의 경공을 펼쳐 빠르게 치고 달리며 격돌을 벌였다.

이제는 모든 것을 정리할 때. 기필코 어느 한쪽이 죽어야 했다.

예상대로 장산벽은 빙백신공의 공력을 바탕으로 한 백팔염라도를 펼쳤다.

장산벽의 혼원벽력도에서는 백색의 강기, 혼마백광(魂魔白光)이 계속해서 폭출했다.

빙백신공을 극성으로 익힌 자만이 뿜어낼 수 있는 도강.

칼끝으로부터 무려 열 자나 뻗어 나온 백광은 허공을 도강의 그물로 만들었다.

�꽈르으응! 꽝! 꽝!

용악산의 천마군림도가 혼마백광에 부딪칠 때마다 벼락이 쳤다.

칼에 벼락의 기운을 담아낸다는 것은 이런 것이 아닐까.

확실히 일 년 전과는 비교도 할 수 없을 만큼 강해져 있었다.

하지만 달라진 사람은 장산벽뿐만이 아니었다.

어느 순간 용악산의 신형이 허공으로 솟구치며 강물을 향해 강기를 뿌렸다.

촤아아아아!

반으로 잘린 강물이 물보라를 치며 솟구쳐 올랐다.

그 물보라 사이로 용케 강기를 피한 장산벽의 신형이 솟구쳐 올랐다.

그 순간 장산벽이 혼원벽력도로 허공을 수평으로 그었다.

직선의 혼마백광이 초승달 모양으로 구부러지며 용악산의 허리를 노리고 왔다.

착시다. 빛은 절대 휠 수가 없다.

하지만 눈에 보이는 빛이 몸을 관통하는 순간 모든 것은 끝난다.

착시가 현실이 되는 순간,

용악산의 천마군림도에서 뻗어 나온 강기가 장산벽의 머리 위로 떨어진 것도 동시였다.

용악산이 자신의 무공 속에서 발견한 백팔염라도의 파훼법은 없었다.

애초 파훼법 따위는 존재하지 않았다.

다만 파훼의 경지가 존재했을 뿐이다.

세월을 잊고, 무공도 잊고, 모든 것을 비웠을 때에야 마침내 채워지는 절대의 경지.

쫘아아아악!

혼마백광이 찢어졌다.

서늘한 강기가 장산벽의 왼쪽 어깨에서부터 아래로 파고들었다.

장산벽의 신형이 포물선을 그리며 뭍으로 떨어져 내렸다.

어깨에서부터 흘러내린 피가 그의 장삼을 적셨다.

하지만 순식간에 하얗게 얼어붙었다.

백화다.

어깨 한쪽을 완전히 잘라냈음에도 불구하고 장산벽은 순식간에 본래의 모습으로 돌아왔다.

"이제야 알겠나, 내가 왜 불사지체인지."

용악산이 다시 장산벽을 공격하려는 찰나 위쪽으로부터 다급한 숨소리가 들렸다.

고개를 들어 바라보니 북천마제의 칼이 이장도의 오른쪽 가슴을 찌르는 순간이었다.

"헙!"

짧은 단말마와 함께 이장도의 상체가 구부러졌다.

이장도는 북천마제를 향해 쌍장을 펼쳤고 그 반동으로 뒤로 물러났다.

칼이 쭉 뽑히면서 피분수가 솟구쳤다.

중상을 입은 이장도는 비틀거리며 뒤로 물러났다.

북천마제는 피를 뚝뚝 떨어뜨리면서 한 걸음 한 걸음 이장도를 향해 다가갔다.

백여 합을 싸운 끝에 이장도가 진 것이다.

"우리도 이제 그만 끝을 낼까?"

장산벽은 사부의 승전에 환한 미소를 지으며 말했다.

용악산은 갈등했다.

승부를 마저 끝내자니 이장도의 목숨이 위험하고, 이장도를 구하자니 장산벽이 걸린다.

그때 은서령이 용악산과 장산벽 사이에 나타났다.

[제 손으로 그의 복수를 해주고 싶어요.]

은서령이 전음을 보내왔다.

죽은 비파랑을 말하는 것이다.

오래전 대평원에서 비파랑은 장산벽의 수하에게 목숨을 잃었다.

사실상 장산벽이 죽인 것이나 다름없었다.

[그는 강하다.]

[해볼게요. 할 수 있어요.]

고개를 돌려보니 저만치에서 칠마종 중 한 사람과 싸우고 있는 기련검이 고개를 끄덕이는 것이 보였다.

더 이상 생각할 여유가 없었다.

용악산은 서둘러 공춘보와 하풍달에게 은서령을 도우라는 전음을 보낸 후 곧장 허공으로 솟구쳤다.

소검산 정상.

이장도는 피를 뚝뚝 흘리며 서 있었다.

손에는 오늘의 자신을 있게 해준 검이 들려 있었다.

"두 번째도 졌군."

"그대는 절대 나를 넘지 못한다."

"하지만 저 친구는 좀 다를 거요."

북천마제가 고개를 돌리는 순간 허공에서 점 하나가 태양을 등지고 떨어졌다.

용악산이었다.

용악산은 찰나의 틈도 주지 않고 무섭게 몰아붙였다.

쒜에엑. 쒜엑. 깡깡!

본류는 본시 지류보다 강한 법이다.

장산벽에게 빙백신공과 백팔염라도를 전수해 준 북천마제가 장산벽보다 강한 것은 당연하다.

하지만 거슬러 오르는 물도 있다.

용악산은 강하방주인 노수룡의 제자 곡삼랑으로부터 그 얘기를 들었다.

일 년 전 황하에 빠진 천마군림도를 찾을 때 그는 강 아래의 역류를 찾아 천마군림도가 떨어진 지점을 계산했다고 한다.

낮게 흐르는 물은 본류를 거스를 수 있다.

장산벽의 것보다 더욱 살기 짙은 혼마백광이 용악산을 엄습해 왔다.

용악산의 칼끝에서 두 마리의 화룡이 마침내 하나가 되어 혼마백광과 싸웠다.

쫘아아악! 쫘아아악!

공(空)의 공간인 허공이 두 개의 강기에 의해 찢어지고 흔들렸다.

화룡은 순식간에 혼마백광을 집어삼켰다.

빙백신공도, 백팔염라도도 완벽히 하나로 합일된 마도백가와 대종사의 무학을 당해내지 못한 것이다.

"흐읍!"

북천마제가 비틀거리면서 두 걸음을 물러났다.

하지만 그의 가슴에서 철철 흘러내리던 피는 순식간에 하얗게 얼어붙으면서 멈췄다.

"불사지체!"

저만치에서 이장도가 나직한 신음을 흘렸다.

용악산은 틈을 주지 않고 또다시 공격했다.

완전히 부상이 회복되지 않은 북천마제는 연거푸 세 차례나 용악산의 칼을 맞았다.

하지만 소용없었다.

어찌 된 일인지 북천마제는 죽지 않았다.

쓰러지지도 않았다.

오히려 빛처럼 가공할 속도로 쌍장을 펼쳤다.

퍼엉!

거대한 장력에 가슴을 격타당한 용악산은 전신의 기혈이 뒤틀리고 오장육부가 찢겨져 나가는 충격을 받았다.

진기를 너무 소모한 탓이다.

지상 최강의 인간과 싸우면서 모든 공력을 쏟아붓느라 한순간 반응이 느려진 것이 화근이었다.

하지만 북천마제는 쌍장만으로 만족하지 못했다.

용악산의 무공을 견식한 때문인지 찰나의 틈을 주지 않고 대도를 내려쳤다.

쩍!

용악산의 오른팔이 어깨로부터 잘려 나갔다.

피를 뿜으면서 땅바닥을 나뒹구는 팔에는 천마군림도가 들려 있었다.

그 순간에도 손은 칼을 꼭 쥐고 있었다.

오른손잡이인 도객이 오른손을 잃었다.

도객으로서는 생명을 잃은 것이나 마찬가지였지만 지금은 그런 생각조차 부질없었다.

북천마제는 팔 하나로 끝내지 않을 것이기 때문이었다.

이장도의 얼굴이 검게 물들었다.

모든 것이 끝나는 순간이다.

털썩.

무릎을 꿇는 용악산을 향해 북천마제가 다가왔다.

"으하하하하! 으하하하하! 한낱 인간인 주제에 불사의 존재가 된 나를 어떻게 죽일 수 있단 말이냐. 으하하… 흡!"

북천마제의 광소가 갑자기 멈췄다.

그가 천천히 고개를 숙였다.

그의 가슴에는 용악산의 왼손이 깊숙이 박혀 있었다.

찰나의 순간 용악산이 펼친 것은 뜻밖에도 풍천장이었다.

금룡문에 들어가 사부 은도천으로부터 배운 유일한 무공.

빙백신공이나 적룡공에 비하면 비천하기 짝이 없는 무공.

"내겐 아직 왼손이 남아 있소."

용악산이 무서운 눈으로 말했다.

"끄으으… 어… 어떻게……."

"지금 내 손에 잡히는 이것이 아마도 당신의 심장이겠지."

"끄… 으… 어쩔 작정……."

"불사의 몸이라고 했으니 심장 하나쯤 없어도 괜찮지 않겠소?"

말과 함께 용악산은 손아귀에 힘을 주었다.

"으아아악!"

마지막 외마디 비명과 함께 북천마제가 용악산의 머리를 향해 일도를 내려쳤다.

동귀어진을 위한 한 수였다.

하지만 그의 칼은 이장도의 검에 의해 멈췄다.

깡!

썩은 고목처럼 북천마제가 낭떠러지 아래를 향해 떨어졌다.

북천마제의 시체가 떨어지자 적아를 막론하고 모두 경악을 금치 못했다.

특히 장산벽을 비롯한 칠마종들의 두 눈이 튀어나올 듯 커졌다.

도저히 있을 수 없는 일이, 있어선 안 되는 일이 일어난 것에 대한 불신.

용악산은 그들을 뒤로 하고 협곡을 살폈다.

아래는 지옥도가 펼쳐지는 중이었다.

석승은 수하들을 이끌고 멸천대를 맞아 최후의 일전을 벌이고 있었다.

야천왕과 해백, 기련검, 독행천괴 등은 칠마종을 상대로 악전을 벌였다.

특히 은서령과 하풍달, 공춘보는 장산벽을 상대로 고전을 면치 못했다.

아직까지는 용케 견디고 있지만 언제 장산벽의 칼에 쓰러질지 모르는 위태로운 상황.

나머지는 모두 적아가 뒤섞인 혼전이었다.

한데 상황이 썩 좋질 않았다.

좀처럼 적들을 압도하지 못하고 있을 뿐만 아니라 운신의
폭이 점점 좁아지고 있었다.
　원인은 궁마왕의 강전이다.
　용악산은 건너편 대검산을 향해 조용히 읊조렸다.
　"자룡아… 지금이야."

＊　　　＊　　　＊

　아무리 은신술이 고절해도 풍우만큼은 속이지 못한다.
　바람에 묻어나는 냄새와 튕겨나는 빗방울만큼은 인간인 이
상 어쩌지 못하는 것이다.
　그리고 또 하나.
　바로 궁마왕 같은 무신들이다.
　저들을 범부의 폭으로 이해하려 해선 곤란하다.
　그들의 무학은 저 먼 세계의 것이어서 작은 변화조차 알아
차리는 신적인 능력을 머리로 이해하려 들면 평생 이해하지
못할 것이다.
　저런 사람들은 그냥 풍우라고 보면 맞다.
　그러니 궁마왕을 속이기 위해선 스스로 풍우가 되어야 한
다.
　표자룡은 바람이 되었다.
　마흔 걸음… 서른 걸음…….
　표자룡은 조금씩 궁마왕과 가까워지고 있었다.

자신의 키에 육박하는 대궁을 휘어 강전을 쏘아대는 궁마왕
의 뒷모습은 절대위엄이었다.

파앙! 파앙! 파앙!

가공할 공력이 실린 강전이 발사되면서 고수들의 목숨이 하
나둘씩 떨어졌다.

'스무 걸음…….'

살기를 죽여야 했다.

눈앞에서 아군들이 죽어가지만 절대 살심을 일으켜선 안 된
다.

살기가 이는 순간 궁마왕의 강전이 향하는 곳은 절벽 아래
가 아니라 자신의 심장이 될 테니까.

문득 오래전 사부와 나누었던 대화가 떠올랐다.

표자룡이 금룡관에 갓 입관했을 때 살수 특유의 살기를 지
우지 못해 고심하는 표자룡을 보며 사부는 이렇게 물었었다.

"폭포 아래의 바위를 뚫는 것이 무엇이냐?"

"낙숫물입니다."

"아니다. 바위를 뚫는 것은 세월이다. 서두르지 말거라. 때가
되면 모든 것이 엷어질 것인즉."

표자룡은 자신도 모르게 서두르고 있는 발걸음을 발견했다.

서두름은 조급함을 의미한다.

어느 순간 자신도 모르게 살심이 생겨 살기로 변하리라.

기회는 한 번뿐이고 놓친 기회는 두 번 다시 오지 않는다.

아버지와 같았던 사부를 죽인 원수를 눈앞에 두고 살기를 억누르는 것은 쉽지 않았다.

그때 궁마왕의 강전이 절벽 아래의 또 한 사람을 관통했다.

이번엔 머리가 아니라 가슴이었고 그가 죽지 않았다는 것이 달랐다.

강전을 맞은 사람은 채홍만이었다.

커다란 덩치로 성난 들소처럼 멸천대를 몰아붙이는 사내.

채홍만이 궁마왕의 눈에 띈 것은 당연했다.

창으로 찔러도 쓰러질 것 같지 않던 채홍만이 궁마왕의 강전 한 방에 쓰러졌다.

고목처럼 쓰러진 채홍만의 위로 광견의 쇠도리깨가 떨어져 내렸다.

그 순간 사 척 단구의 사내, 유소악이 쇠도리깨 아래로 뛰어들었다.

작은 쌍겸으로 쇠도리깨를 후려치니 놀랍게도 천 근의 힘이 실린 쇠도리깨가 튕겨져 나갔다.

하지만 유소악은 손목이 부러지는 부상을 입었다.

쇠도리깨에 실린 무게를 감당하지 못한 것이다.

학관 선비 추립이 황급히 쇠도리깨의 아래를 파고들며 광견을 겁박하는 사이 거지 풍개가 채홍만을 구출했다.

질질 끌려가는 모습으로 보아 중상을 입은 게 틀림없었다.

표자룡의 심장이 요동쳤다.

가장 마지막에 입문해 자신의 사제가 된 사내.

커다란 덩치에 어울리지 않게 쑥스러움을 많이 타던 사내.

허구한 날 공춘보에게 당하면서도 매일같이 따라다니던 사
내.

채홍만은 누가 뭐래도 자신의 사제였다.

사제의 생사를 확인할 수 없는 상황에서 그의 집중력이 흐
트러지는 것은 당연했다.

더불어 사제를 저렇게 만든 궁마왕에 대한 살심이 일어나는
것도 당연했다.

표자룡은 혀를 깨물었다.

육체의 고통으로 마음의 아픔을 잠시라도 억눌러 보자고.

이제 남은 거리는 불과 열다섯 걸음.

검을 잡은 표자룡의 손에 힘이 들어갔다.

돌아가신 사부께서 자신에게 준 중검이다.

궁마왕은 여전히 등을 보이고 있었다.

눈앞에서 벌어지는 혼전에 모든 신경을 쏟고 있었다.

이제 열 걸음.

검을 출수해 소리없이 등을 쑤시기에는 조금 먼 거리였다.

하지만 더 이상의 접근은 불가능했다.

상대는 궁마왕.

현재 표자룡의 공부로는 결코 그를 속일 수 없었다.

지금 이곳에서 끝장을 봐야 했다.

표자룡의 머릿속에 연속 동작이 그려졌다.

‘첫 걸음은 평범하게, 두 번째 걸음에서 검을 뽑고 세 번째 걸음에서 땅을 차는 동시에 머리를 노린다면…….’

한 가지를 더 생각해야 했다.

바로 궁마왕의 반응이다.

표자룡이 두 걸음을 옮길 때쯤이면 궁왕은 분명 암습을 알아차릴 것이다.

문제는 표자룡의 세 번째 걸음과 칼을 찌르는 그사이에 궁마왕이 반격을 할 수 있느냐는 것인데, 궁마왕은 충분히 그러고도 남을 고수였다.

만약 그렇다면 그는 어떤 반격을 할까?

어떤 식의 공격이든 후발선제(後發先制)가 될 것이 틀림없다.

궁마왕은 이처럼 등을 훤히 보이고 있는데도 함부로 죽이지 못할 만큼 대단한 존재였다.

표자룡은 새삼 엄청난 무공의 벽을 실감했다.

결국 한 번에 그의 목숨을 거두기 위해선 스스로도 목숨을 걸어야 했다.

최악의 경우 동귀어진(同歸於盡)이다.

아니, 처음부터 동귀어진이다.

화살을 맞고 검을 준다.

표자룡은 궁마왕이 강전 한 대를 쏜 직후를 기다렸다.

마침내 그때가 왔다.

파앙—

몸이 먼저 움직였고 바람이 뒤를 따랐다.

궁마왕이 그 바람 소리를 인지했을 때는 표자룡의 검이 궁마왕의 옆구리를 찌르고 있었다.

"노옴! 감히 어딜!"

궁마왕은 화살을 쏘는 대신 육 척의 궁간(弓幹)을 휘둘렀다.

따앙!

예상대로 후발선제의 경지다.

표자룡의 검이 튕겨 나갔다.

이런 힘은 맹세코 본 적이 없었다.

아니, 있다고 상상조차 할 수 없었다.

적어도 궁마왕의 궁간을 받아보기 전까지는.

표자룡의 신형이 궁간을 따라 팽이처럼 회전했다.

검을 회수할 없으니 그 힘을 역이용한 것이었다.

한데 표자룡이 회전하는 그 찰나의 순간에 궁마왕은 전통에서 강전 하나를 뽑았다.

그리고는 곧장 표자룡을 공격하기 시작했다.

화살을 검처럼 쓰는 전검술(箭劍術)이다.

화살도 궁마왕이 휘두르는 보검이 따로 없었다.

쑤에에엑. 깡! 깡!

그러다 어느 순간 궁마왕의 좌장에서 장력이 폭발했다.

마종의 공력이 실린 거대한 장력이었다.

퍼엉!

일장을 그대로 격중당한 표자룡은 둔탁한 소리와 함께 십여 장 바깥으로 날아가 떨어졌다.

뱃속에서부터 구역질이 나는가 싶더니 입으로 피를 한 사발이나 토해냈다.

극심한 고통에 내장이 갈기갈기 찢어진 것 같았다.

심각한 내상을 입은 것이다.

"애송이 같은 놈. 내가 겨우 살수 따위에게 죽을 사람으로 보였더냐!"

표자룡은 가쁜 숨을 몰아쉬며 고개를 들었다.

궁마왕이 강궁에 화살을 재더니 무서운 얼굴로 강궁을 구부리기 시작했다.

화살은 정확히 표자룡의 미간을 향하고 있었다.

순간 표자룡의 머릿속에 이장도의 가르침이 떠올랐다.

"거리를 주어선 안 된다. 절대!"

표자룡의 신형이 솟구쳤다.

파앙!

전신의 신체가 한 자루의 화살이 되어 궁마왕을 향해 쏘아졌다.

앞으로 쭉 뻗은 손끝에는 검이 들려 있었다.

세상에서 가장 빠른 화살과 세상에서 가장 빠른 검의 대결.

*　　　*　　　*

무려 백여 합을 펼친 끝에 은서령은 비파랑의 복수를 했다.

장산벽이 죽은 것이다.

사실 은서령 혼자 힘으로 그를 죽인 것은 아니다.

대사형의 말대로 북풍십삼막은 최강의 도법이었다.

한 번도 보지 못한 기이한 초식 앞에 장산벽은 찰나의 틈을 보였고, 그 틈을 타 뒤에서 몰래 접근하던 공춘보가 장산벽의 허리를 안았다.

곧장 장산벽이 팔꿈치로 공춘보의 안면을 강타했다.

코가 깨지고 이가 모두 나가는 와중에도 공춘보는 경이적인 맷집으로 끝까지 장산벽의 허리를 붙들고 있었다.

그사이 하풍달이 장산벽의 얼굴을 향해 풍천장을 펼쳤다.

장산벽의 고개가 꺾이는 순간 은서령의 북풍도가 배를 갈랐다.

유소악이 두 자루 겸으로 그 뱃속을 헤집어놓았다.

살아 있는 생명체인 이상 죽지 않을 수 없었다.

장산벽은 삼협에서 벌어진 전투에서 죽은 자들 중 가장 처참한 죽음을 맞이했다.

그의 곁에는 함께 헛된 꿈을 꾸었던 북천마제의 시체가 쓰러져 있었다.

하지만 아직 전투는 끝나지 않았다.

적들은 죽여도 죽여도 나타나는 강남충(江南蟲:바퀴벌레)처럼 등장했다.

가장 문제는 역시 궁마왕의 강전이다.

그 강전에 쓰러진 절정고수들이 벌써 수십 명을 넘겼다.

하지만 어느 순간 강전이 멈췄다.

표자룡이 절벽 위에서 궁마왕과 결전을 벌이고 있었던 것이다.

적들도 이제는 눈치를 챘다.

요소요소로 떨어지며 자신들을 도와주던 강전이 갑자기 뚝 끊긴데다 병장기가 충돌하는 금속성까지 들렸으니 모를 리가 없었다.

그러나 어느 순간 금속성이 멈추었다.

적아를 막론하고 모두의 신경이 대검산 정상을 향했다.

'표 사형, 제발……'

온몸이 피로 흠뻑 젖은 은서령은 고개를 들어 하늘을 보았다.

그 순간 대검산 정상으로부터 인영 하나가 포물선을 그리며 떨어졌다.

머리가 아래로 향한 것이, 이미 죽은 시체였다.

쿵!

잠시 후 시체는 바닥에 커다란 소리를 내며 떨어졌다.

먼지가 자욱하게 일어났고 누군가 달려가 엎어진 시체를 뒤집었다.

"주, 주었다!"

이빨이 모두 빠진 공춘보가 어눌한 발음으로 말했다.

다른 누구도 아닌, 장산벽의 팔꿈치를 맞고도 아직 정신이
멀쩡한 것 자체가 불가사의했다.

"이런 젠장할, 죽은 사람이라는 걸 누가 모르오. 도대체 누
가 죽은 거요!"

멸천대의 고수와 공방을 벌이고 있던 하풍달이 버럭 소리를
질렀다.

"구마앙이 주었다. 자요이가 구마아의 가스메 거믈 바갔
다!"

"와아아아!"

협곡 전체에 쩌렁쩌렁하게 울린 함성.

물론 아군들의 함성이었다.

그 무렵, 삽협의 입구 쪽 잔도에서도 함성이 들려왔다.

소림의 법무 대사가 이끄는 구대문파의 고수들이 도착한 것
이다.

第十二章
천하제일문(天下第一門)

天山刀客

전쟁이 끝이 났다.

천마궁은 천불동이 이끄는 마도백가의 고수들과 개방에 의
해 한나절 만에 평정됐다.

칠마종은 북천마제와 장산벽이 죽은 후 마지막까지 항전을
계속했지만 결국 구대문파의 고수들에 의해 몰살당했다.

남은 철갑병들은 단 한 명도 탈출에 성공하지 못하고 모조
리 포로로 사로잡혔다.

무림인의 원로들은 오랫동안 의논을 한 끝에 청동화로를 녹
여 불상을 만들고 복마사(伏魔寺)라 이름 지었다.

마를 무릎 꿇게 한 절이라는 뜻이다.

석승은 그 절의 첫 번째 주지가 되었다.

　무림맹주 이장도는 약속대로 투항하는 마인들의 목숨을 살려주었다.

　천불동은 마도백가의 고수들을 이끌고 개방에 투신했다.

　개방의 용두방주는 거지의 철밥통은 원래 무엇이든 담을 수 있다며 그들을 받아들였다.

　구대문파는 이장도에게 다시 무림의 맹주가 되어줄 것을 간청했지만 그는 이제 그만 좀 부려먹으라며 홀연히 사라졌다.

　그 후 그를 본 사람은 없었다.

　얼떨결에 이장도의 흔적을 놓친 독행천괴는 눈에 불을 켜고 이장도를 찾아다녔다.

　그에겐 아직 이장도가 걸어둔 금제가 풀리지 않은 탓이었다.

　야천왕은 그를 따르던 흉신악살들과 함께 다시 북망동으로 돌아갔다.

　구대문파는 야천왕에게 북망동의 특수성을 인정하고 예전과 같은 평화협정을 맺었다.

　환희방을 되찾은 서문홍주는 구룡장과 새로운 거래를 텄다.

　음지에서 양지로 나오는 순간이었다.

　구룡장은 서문홍주의 탁월한 혜안과 전폭적인 지지로 단숨에 항주제일의 장원으로 거듭났다.

　또한 금룡문과 구룡장의 인연이 깊다는 것이 알려진 후 천하의 상방에서 줄을 대려고 찾아오는 사람들로 북새통을 이루었다.

　금룡문은 절대고수를 둘이나 품었다는 소문이 돌면서 중원

각지에서 무공을 배우겠다고 찾아오는 사람들로 문전성시를 이루었다.

두 명의 절대고수는 물론 용악산과 표자룡이었다.

표자룡은 환검무영이라는 별호가 널리 알려지면서 이장도 이후 최강의 검사로 평가받았다.

용악산은 북천마제를 꺾은 후 자타가 공인하는 천하제일인이 되었다.

강호인들은 금룡문을 천하제일의 문파로 부르는데 주저하지 않았다.

무공을 배우겠다고 찾아온 사람들 중에는 뜻밖의 인물도 있었다.

열린 문틈으로 두 쌍의 눈동자가 방 안을 훔쳐보고 있었다.

그렇지 않아도 주저앉은 들창코가 이젠 아예 없어져 버린 공춘보와 하풍달이었다.

방 안에는 단아한 궁장 차림에 눈이 번쩍 뜨일 만한 미모를 지닌 여인이 표자룡과 탁자를 마주하고 앉아 있었다.

"저 여자가 여긴 뭐 때문에 왔을까?"

"제자가 되려고 찾아왔다지 않소."

"마, 그 말을 믿냐? 저 여자가 뭐가 아쉬울 게 있어서 금룡문에 들어온다 말이냐?"

"허허, 이거 왜 이러시오? 항주 사람들은 이제 금룡문의 무공이 천하제일이라고 하거늘."

"그거야 펼치는 사람 나름이지. 네놈이 아무리 풍천장을 대성한들 천하제일인이 될 것 같으냐?"

"흥, 누가 할 소릴."

그때 뒤에서 우렁우렁한 목소리가 들렸다.

"공 사형, 저희들 준비됐습니다."

뒤를 돌아보니 채홍만과 유소악이 깨끗한 옷으로 갈아입은 채 배시시 웃고 있었다.

"뜨헙!"

"뭐요, 아직도 딱지를 안 떼어줬소?"

"마, 기녀들이 홍만이 물건만 보면 줄행랑을 놓는데 날더러 어쩌라고!"

"소악이는 또 왜?"

"보면 모르냐? 애랑 하는 것 같아서 징그럽단다. 이제 됐냐?"

"공 사형, 저 애 아니거든요?"

유소악이 공춘보를 사기 어린 눈으로 노려보며 말했다.

"헛! 어째 들어오는 놈들마다 다 저렇게 살벌하냐?"

바깥에서 이는 소란에 방 안에 있던 사람들이 고개를 돌렸다.

공춘보와 하풍달은 황급히 몸을 숨겼다.

"어찌하여 금룡문의 제자가 되시려는 겁니까?"

"천하제일의 검사에게 배우고 싶어요."

"난 단지 앞을 보지 못하는 맹인일 뿐이오."

"대륙에서 가장 강한 맹인이죠."

“소저에겐 이미 훌륭한 가문이 있지 않소?”
“금룡문의 제자가 되면 천하제일문의 제자가 되는 거죠.”
“금룡문의 제자가 되려는 것이 그것 때문이오?”
“…….”
“…….”
“아직도 모르시겠어요? 난 당신과 함께 있고 싶은 거라고요.”
여자는 천공성주의 무남독녀인 홍시연이었다.

*   *   *

눈이 내리는 어느 정원.
머리에 하얗게 서리가 내린 두 사람이 바둑을 두고 있었다.
척 보기에도 백이 흑을 압도하고 있었다.
“하, 고런 수가 있었구려.”
“험험, 바둑 두는 사람 어디 가셨나.”
“맹주, 한 수만 무릅시다.”
두 사람은 야천왕과 이장도였다.
“허허, 다섯 점이나 접어주고 두는 접바둑인데 또 무르라는 말
씀이오? 그리고 몇 번을 말하지만 난 이제 더 이상 맹주가 아니오.”
“거, 깐깐하게 굴지 말고 한 수 무릅시다. 예?”
“내기 바둑이라는 걸 잊으셨습니까?”
야천왕의 얼굴이 누렇게 떴다.
이장도는 흡족했다.

허구한 날 무림맹 군사부주였던 허가량에게 수모를 당해가
며 배운 바둑이다.

북망동의 애송이 괴수(?)쯤은 눈감고도 이길 수 있었다.

"에잉, 졌소이다."

야천왕이 흑돌을 툭, 던지면서 말했다.

"껄껄껄, 그럼 약속대로 빙화주(氷華酒)를 구해오셔야 합니
다."

빙화주는 천산의 만년설봉에서 백 년에 한 번씩 피어난다는
빙화를 따다 숙성해 만든 것이다.

오래전 장산벽이 구룡장에 항주의 무림인들을 모아놓고 엄
포를 놓았을 때 준 술이 바로 빙화주였다.

"좀 기다려야 하오."

"언제까지 말입니까?"

"천산 만년설봉의 눈이 녹을 때까지."

"……!"

"……?"

"만년설봉은 눈이 녹지 않아서 만년설봉인데 눈이 녹을 때
까지 기다리라 함은 약속을 지키지 않겠다는 뜻이오이까!"

뒤늦게 속았다는 걸 알아차린 이장도가 버럭 역정을 냈다.

"솔직히 그게 말이 되는 내기이오이까? 말이 좋아 만년설봉
이지, 그 화초가 어디에 있는지도 모르고, 또 설사 찾았다고 해
도 그놈이 언제 꽃을 피울 줄 알고 기다린단 말이오. 날더러 만
년설봉에서 늙어 죽으란 말이오, 아니면 얼어 죽으란 말이오?"

“그거야 내 알 바 아니고.”

“일없소이다. 난 빙화주를 구해오겠다고만 했지, 지금 당장 구해오겠다고는 하지 않았소이다.”

“쯧쯧쯧, 천하의 야천왕이 이렇게 입이 가벼워서야 원.”

이장도는 얼굴이 벌게져서는 획 돌아앉았다.

“그것참, 누가 할 소릴!”

야천왕 역시 뻔뻔한 얼굴을 하고 획 돌아앉았다.

그때 서문홍주가 술상을 가져오며 말했다.

“두 분 모두 이제 그만 좀 하셔요.”

“자네가 안 봐서 그러네. 북망동의 제왕이라 그래서 난 또 신의가 좀 있는 줄 알았더니. 큼.”

“허허, 맹주까지 지내신 분이 술을 구해주지 않는다고 강짜라니요.”

“정 이러시면 나도 생각이 있소이다.”

“무슨 생각이 있다는 거외까?”

“내가 아는 녀석 중에 입이 날랜 놈이 하나 있소. 공춘보라고 허구한 날 객점에서 술꾼들에게 허풍을 떠는 놈인데, 그놈에게 일러 야천왕이 새빨간 거짓말쟁이라고 소문을 내게 하면……”

“뭐, 그, 그렇게까지야.”

야천왕은 정말로 놀란 눈치였다.

그때 서문홍주가 술병을 들어 말했다.

“맹주님, 제 술 한잔 받으시고 그만 화 푸셔요.”

한 잔을 마셔본 이장도의 눈빛이 반짝였다.

“이, 이건 무슨 술인가?”

“장원에 열리는 백목련을 따다 담근 것입니다. 빙화주만큼은 아니지만 제 정성이니 이것으로 내기는 없던 걸로 하면 안 될까요?”

“내가 왜?”

“엄동설한에 아비를 만년설봉에서 헤매게 할 순 없잖아요.”

“아… 비?”

“……!”

정작 놀란 사람은 야천왕이었다.

청연과의 사이에서 태어난 서문홍주를 틀림없는 자신의 딸이라고 여기고 살았다.

하지만 좀처럼 마음을 열어주지 않던 서문홍주가 자신을 아버지라고 부른 것이다.

놀라 말을 잇지 못하는 야천왕에게 서문홍주가 말했다.

“내원의 전각 하나를 비워뒀어요. 앞으론 거기서 지내세요.”

그리고는 홀연히 일어나 바깥으로 사라졌다.

그녀가 사라진 후 이장도가 야천왕의 옆구리를 슬쩍 찌르면서 물었다.

“어떻소, 내 작전이?”

야천왕은 목이 타는지 술만 벌컥벌컥 마셔댔다.

“이제 약속대로 날 형님이라 부르는 걸세.”

진짜 내기는 따로 있었다.

                    *   *   *

저 멀리 만년설봉이 신비스러운 자태를 보이고 있는 평원.

얼어붙은 동토의 땅을 일남일녀가 말을 타고 가는 중이었다.

털이 달린 가죽옷을 껴입은 두 사람은 어깨를 나란히 하면서도 시종일관 말이 없었다.

아무것도 없이 펼쳐진 평원에서 과거의 장소를 찾기란 나룻배에서 떨어뜨린 물건을 찾는 것과도 같았다.

그나마 여긴 황하가 아니니 더더욱 찾기가 어려웠다.

사내는 문득 말을 멈추고 주변을 둘러보더니 여자의 도병에 매달린 은령에 시선을 주었다.

여자가 말없이 은령을 떼어다 사내에게 주었다.

사내가 은령을 들고 흔들었다.

링링링.

맑은 소리가 미세하게 울렸다.

그러자 잠시 후 어디선가 바람결에 똑같은 소리가 들려왔다.

링링링.

두 개의 은령이 공명하는 것이다.

사내와 여자는 소리가 울리는 곳으로 향했다.

말을 멈춘 곳에서 그리 멀지 않은 곳에 칼 한 자루가 거꾸로 꽂혀 있었다.

칼날은 녹슬었고 손잡이의 가죽은 삭아 없어진 지 오래였다.

칼이 없었다면 이곳이 누구의 무덤인지도 모를 만큼 주변은 변해 있었다.

평원의 거친 바람 때문이다.

사내는 말에 내린 후 무덤에 다가가 말했다.

"당신이 보고 싶어하던 여자요. 늦게 데려와서 정말 미안하오."

그는 다시 여자를 보며 말했다.

"그의 무덤이다."

여자가 천천히 말에서 내리더니 품속에서 준비해 온 향을 피우고 예를 올렸다.

두 사람은 용악산과 은서령이었다.

"비… 오라버니."

어디선가 한줄기 바람이 불어와 그녀의 귀밑머리를 쓰다듬었다.

마치 비파랑이 살아서 그녀의 머릿결을 쓸어주는 듯.

"이제야 찾아와서 죄송해요. 전 잘 있어요. 오라버니가 사주신 당혜도 잘 받았어요. 제 마음에 꼭 들어요. 지금도 신고 왔는걸요."

은서령은 그 후로 한동안 말을 잇지 못했다.

용악산은 무덤을 보며 말했다.

"오래전 당신이 그랬던 것처럼 이제 내가 그녀를 마음에 담게 되었소. 당신이 허락한다면 평생 그녀를 곁에서 지켜주고 싶소."

대답은 들려오지 않았다.

은서령은 손에 쥐고 있던 은령을 비파랑의 무덤에 꽂힌 칼 위에 걸어두었다.

마침내 한 쌍이 된 은령이 바람에 흔들리며 아름다운 소리를 냈다.

그녀가 말했다.

"저도 드릴 말씀이 있어요. 옆에 있는 이 사람만 좋다면…그의 아내가 되고 싶어요."

"……!"

그 순간 어디선가 낯익은 소리가 들려왔다.

삐이이이—!

고개를 들어 창공을 바라보니 천웅 한 마리가 높이 날고 있었다.

대평원의 부족들에겐 용맹한 전사가 죽으면 천웅으로 다시 태어나 자신이 말을 달리던 대평원을 날아다닌다는 전설이 있었다.

천웅은 두 사람 주위를 한 바퀴 돌더니 어느새 창공 속으로 사라졌다.

『천산도객』 끝

1권을 출간할 때만 해도 봄이었는데 어느덧 여름을 지나 가을이군요.

애초 천산도객은 '무애광검'의 백연 작가와 커피를 마시며 수다를 떨던 중 탄생했습니다.

그때 작가는 전작 '창룡전기'를 완결하고 차기작으로 무얼 쓸까 고민 중이었지요.

필력이 하루아침에 화경에 들 수는 없는 노릇이니, 명작까지는 아니더라도 좀 색다른 이야기는 써야겠다고 생각했었죠.

하지만 완결을 하고 난 지금은 아쉬움과 안타까움이 가득합니다.

언제나 그렇듯 작가가 글을 쓰는 동안은 안고 가야 할 숙제가 아닌가 합니다.

글을 읽어주신 독자들께서 공춘보의 행동과 언사가 불편하다는 말씀을 많이 해주셨습니다. 하지만 공춘보는 원래가 투덜투덜 불만투성이에 생각없는 캐릭터입니다.

딱 저 같은 친구죠.(웃음)

글은 이미 시작되었고 독자에게 거슬린다 하여 캐릭터를 바꿀 수는 없는 노릇입니다.

　지금 와서 생각해 보면 캐릭터를 살리면서도 독자의 거부감을 줄일 수 있었다면 가장 좋았을 텐데 하고 후회도 해봅니다. 역시 앞으로 제가 해결해 나가야 할 문제겠지요.

　극중 녹수파파의 제자인 단소운은 장산벽의 연인으로, 원래 상당한 비중이 있는 역할이었습니다만, 이런저런 이유로 그쪽 이야기를 살리지 못했습니다.

　충분히 등장을 시켜주지 못한 것도 미안한데 용악산이 항주에 상륙하자마자 제거해 버려서 미안하기 짝이 없군요.

　아마 영화였다면 그 배우를 찾아가 차기작에서의 주인공 자리를 약속하며 술이라도 사줘야 할 듯합니다.

　정말 차기작에서 주인공으로 출연시켜 볼까도 생각 중입니다.

　사실 주인공인 용악산도 전작 '창룡전기' 의 조연이었답니다.

　천산도객을 쓸 때까지만 해도 작가는 용악산이 '창룡전기' 에 등장한 인물이라는 걸 까맣게 모르고 있었지요.

인터넷 연재 당시 ‘창룡전기에 나왔던 인물이네요. 그때도 꽤 멋진 녀석이었는데…….’ 라는 독자의 댓글을 보고 깜짝 놀랐습니다.

뒤늦게 부랴부랴 창룡전기를 읽어보니 정말 있더군요. 그것도 상당히 비중있는 인물로.

작가조차 잊고 있었던 인물을 독자가 기억해 주는 걸 보면서 정신 바짝 차려야겠다는 생각을 했습니다.(웃음)

이래저래 아쉬움도 많지만 ‘천산도객’ 역시 작가가 산고의 고통으로 낳은 글입니다.

부족한 부분은 노력으로 고쳐 나가고 좋은 부분은 더 갈고 닦을 것을 약속드리며 이만 소소한 수다를 줄일까 합니다.

마치 한여름 날 꿈을 꾼 듯하군요.

2009년 가을. 오채지 배상.

War Mage

워메이지

김재한 퓨전 판타지 소설

사람들이 인식하는 상식의 세계 이면,
짙은 어둠이 드리워진 그곳에 사는 괴물들이 있다.

문명이 드리운 그림자 속에서, 전투기계들과
인간의 사념으로부터 태어난 마물들이 격돌한다.
마법과 주술이 난무하는 초현실적인 전장,
소년은 그곳에 서는 대가로 인생을 잃었다.
운명의 노예가 되어 가족과 인성을 잃어버린 소년, 진유현.

총염(銃炎)과 검광(劍光)이 뒤얽히는
어둠의 거리에서, 운명의 족쇄를 끊고 나온
소년의 눈이 살의를 발한다.

유행이 아닌 자유추구 -
WWW.chungeoram.com
Book Publishing CHUNGEORAM

참마도 新무협 판타지 소설

鬼弓士 귀궁사

참마도 작가!! 그가 『무사 곽우』에 이어
다섯 번째 강호 이야기를 새롭게 풀어내다!!

"길의 중앙에서 멋지게 서서 당당히 걸어가래.
사람으로 태어난 이상 그 누구도 당당하게 살아갈 권리는 있다고 말이야."

단야의 오른손이 꽉 쥐어졌다. 별것도 아닌 말이다.
하나 이토록 마음에 남는 소리는 없었다.
사람으로 태어나서…….

요물, 괴물.
나이를 먹지 않는 월홍과 얼굴이 징그럽게 망가진 단야.
그들 앞에 펼쳐진 강호란……!

유행이 아닌 자유추구 -
WWW. chungeoram.com
Book Publishing CHUNGEORAM

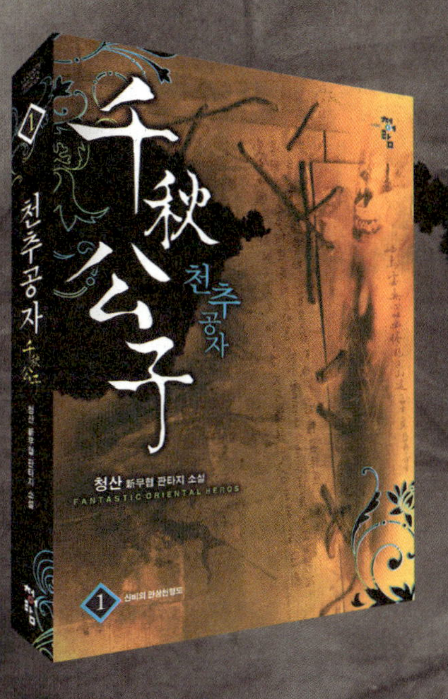

운명을 뛰어넘는 담대한 도전!

황제마저 농락한 숭문세가의 공자 문천추(文千秋).
용문에 이르기 전까지 그는 시문과 서화를 즐기며 대하를 누비는
한 마리 커다란 잉어였다.
그러나 운명은 그를 용문(龍門) 앞에 이끌었다.
용문의 드센 물살을 거슬러 올라 용(龍)이 될 것인가,
아니면 용문점액의 상처를 입고 추락할 것인가.

죽음의 하늘 사중천(死重天)!
오로지 파괴와 살육만을 일삼는 사마악(邪魔惡)의 결집체.
사중천의 어둠은 태양마저 가리며 천하를 뒤덮는다.
마침내 죽음의 하늘과 맞서는 용 울음소리.

천추(千秋)에 빛날 문무제일공자의 호쾌한 행보가 시작되었다.

유행이 아닌 자유추구 -
WWW. chungeoram.com
Book Publishing CHUNGEORAM

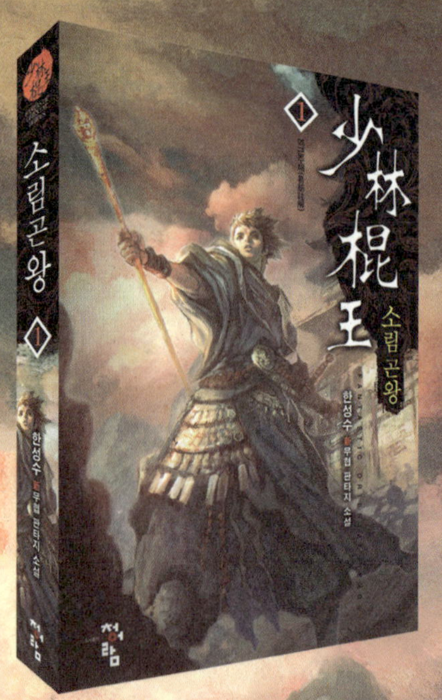

감동의 행진을 멈추지 않는 작가 한성수!

구대문파 시리즈의 두 번째 이야기 『소림곤왕』!!
그 화려한 무림행이 펼쳐진다

"너는 지금부터 날 사부님이라 불러야만 하느니라.
소림사의 파문제자인 나, 보종의 제자가 되어서 앞으로 군소리없이 수발을 들고 모진
고통을 이겨내며 무공 수련을 해야만 한다."

잡극계의 천금공자 엽자건!
소림의 파문제자 보종의 제자가 되다!!

역사와 가상.
실존의 천하제일인과 가상의 천하제일인에 도전하는 주인공!
이제부터 들어갑니다. 부디 마음껏 즐겨주시기 바랍니다.
– 작가 서문 中에서.

유행이 아닌 자유추구 –
WWW. chungeoram.com
Book Publishing CHUNGEORAM